外国人写作中国计划

外国人写作中国计划

外国人写作中国计划

探究中国

[英] 罗宾·吉尔班克 著
胡宗锋 译

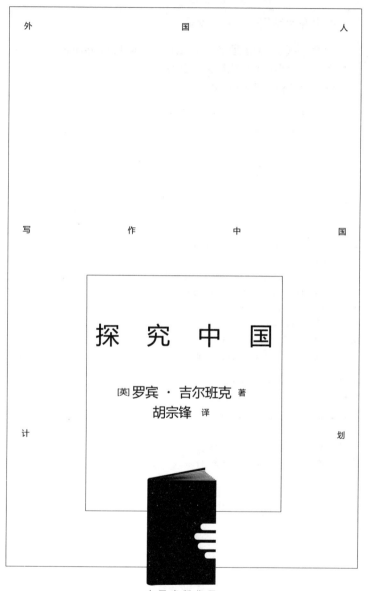

中国出版集团
中译出版社

图书在版编目（CIP）数据

探究中国 /（中）罗宾·吉尔班克（Robin Gilbank）著；胡宗锋译. —北京：中译出版社，2018. 8

ISBN 978-7-5001-5386-3

Ⅰ. ①探… Ⅱ. ①罗…②胡… Ⅲ. ①散文集—英国—现代 Ⅳ. ① I561.65

中国版本图书馆 CIP 数据核字（2017）第 184807 号

出版发行 / 中译出版社
地　　址 / 北京市西城区车公庄大街甲 4 号物华大厦 6 层
电　　话 /（010）68005858，68358224（编辑部）
传　　真 /（010）68357870
邮　　编 / 100044
电子邮箱 / book@ctph. com. cn
网　　址 / http:// www. ctph. com. cn

出 版 人 / 张高里
策划编辑 / 刘永淳　范　伟
责任编辑 / 范　伟　张世勤

装帧设计 / 视觉共振设计工作室
印　　刷 / 北京顶佳世纪印刷有限公司
经　　销 / 新华书店

规　　格 / 880 毫米 ×1230 毫米　1/32
印　　张 / 6.625
字　　数 / 150 千字
版　　次 / 2018 年 8 月第一版
印　　次 / 2018 年 8 月第一次

ISBN 978-7-5001-5386-3　定价：**50.00** 元

中　译　出　版　社

然而，
我知道在这等事上我很无知，至于我们该怎样感谢熊先生的才华，我也就不得而知了……

目　录

第一章

熊式一与《王宝川》

不论中文版如何，熊式一先生的英文版《王宝川》[1] 是一部轻松的浪漫传奇。但我们必须做些基本的准备工作，以便融入熊先生的戏里。允许他将我们置身于剧院，全然忽视一切错觉（这毫无疑问代表的是一种深层次的、严格的艺术传统，但这对于读者而言，无关紧要），天真的朴实和庄严的礼仪糅合在一起，一下子就激起了

① 熊式一先生在《王宝川》2006 年商务印书馆出版的中文版序中说："许多人问我，为什么要把'王宝钏'改为'王宝川'呢？甚至于有人在报上说我的英文不通，把'钏'字译成了 Stream。二十几年来，我认为假如这个人觉得'钏'不应改为'川'字，也就不必和他谈文艺了。近来我发现了许多人，一见了'王宝川'三字，便立刻把'川'字改为'钏'字。所以我在某一次的宴会席上，向一位朋友要了十元港币作为学费，捐给会中，告诉他就中文而言，'川'已比'钏'雅多了，译成了英文之后，Bracelet 或 Armlet 不登大雅之堂，而且都是双音字，Stream 既是单音字，而且可以入诗。"

人们的想象。人们会不假思索地接受王员外的长胡子：这象征着他不是本剧中的反面人物。但正如我言，这一切只是表象。熊式一先生中国魔力的真正力量不是他用欢快的技巧给我们营造的剧场氛围，而是剧中人物的生活、心灵、举止以及言谈上。这些有吸引力的人物在感染我们。我觉得当王丞相说"今儿个正是大年初一，我们得团聚团聚。我看天快要下雪啦，我想就在这花园里摆上酒席赏雪罢"这段话时，奇迹就出现了。赏雪：熊式一先生给西方人心灵的冲击就在于此。他笔下的人物魅力在于有我们不具备的奥秘：生活的奥秘。当身临剧中人物的生活与命运传奇时我们被感染了。王丞相在新年来临之际在花园里设宴赏雪，这并非不现实的幻想，而这不会发生在唐宁街。在熊式一先生的世界里，有位年轻貌美的女子名曰"宝川"，这是端庄而细腻的现实，极具人性的现实，其中的幽默无处不在，值得一观。

对于大多数读者和我来说，《王宝川》不过是一部出色和妙笔生花的英语文学作品罢了。中文版如何我们没有概念，但仅仅只是一部文学作品吗？非也！熊式一先生说自己不过是个翻译家，即便如此，他也为我们献上了一部大作。然而他很肯定地对我说，就文学而言，中国的文人觉得该剧本价值不大。熊先生坦率地告诉我，《王宝川》是中国下里巴人传统的戏剧代表作且只是为了迎合商业舞台。实际上，该剧并非译作，熊先生是把这个美好、古老且出处有争议的名剧几个版本糅合在了一起，所以不同的公司在演出时就有自己不同的脚本。很像浮士德博士和潘趣先生一样[①]，不同剧团有不同的版本。眼下在我看来这很了不起，让我想起了日本的浮世绘，本来是日本的民间娱乐作品，但移植到欧洲后成了让人青睐的艺术。但在审美文化上，中国绝对超越日本，而审美文化是文明的准绳。我认为，《王宝川》这部中国商业通俗剧在译为英语后，其文学地位在演绎中国文明的实质上胜过一切。

然而，我知道在这等事上我很无知，至于我们该怎样感谢熊先生的才华，我也就不得而知了。

拉塞尔斯·艾伯克龙比

贝德福德大学

1934 年 3 月

英国诗人兼批评家拉塞尔斯·艾伯克龙比（Lascelles Abercrombie, 1881—1938）显然并非评价中国古典戏剧的最佳人选，他本可以成为第一人。但从另一方面来说，他的观点很吃香，他就像个公认的晴雨表，能敏锐地告诉人们在英国文学潮流中，什么会昙花一现，什么会历久不衰。比如，艾伯克龙比曾是劳伦斯《儿子与情人》最有远见的支持者。在《曼彻斯特卫报》的评论中，他说在复杂和多面的人物构造上，这位现代小说家为他人步其后尘留下了一道耀眼的足迹。在赞扬《王宝川》时，他的评论更是少有，他说这部在其故国家喻户

① 浮士德博士是英国著名戏剧家克里斯托弗·马洛名作《浮士德》中的主人公；潘趣先生是英国传统木偶剧《潘趣和朱迪》（*Punch and Judy*）中的主角。——译者注

晓的作品，不论从形式还是内容上对外国文学爱好者来说都是别开生面的。

《王宝川》是被中国南昌作家兼翻译家熊式一先生介绍到英国的。剧本在被搬上舞台前就出版了，这在当时的确很不寻常。这本书由麦勋书局出版，加上艾伯克龙比热情洋溢的前言，这本价格适中的作品销量相当好。在11位剧作人拒绝了该剧本后，“国民剧院”经理兼演员南茜·普瑞斯(Nancy Price)同意让自己的公司将该剧搬上舞台，在约翰街的“小剧场”上演。令所有人没有想到的是，在《王宝川》1936年11月最后落幕前，连续演出了1000场。在英国上演的18个月里，英国的王室成员，包括玛丽女王(当今女王的奶奶)身着从中国进口来的奢华刺绣绸袍前往观看。在百老汇演出时，该剧得到了当时的美国第一夫人埃利诺·罗斯福的青睐。作为译者，熊先生红遍了大西洋两岸。在抵达纽约时，媒体称赞熊式一的妻子蔡岱梅是位“可爱的、杏仁眼诗性伴侣”。不久，这对夫妻的社交圈就扩展到了萧伯纳、好莱坞华裔影星黄柳霜等，“小”夫妻(熊身高1.5米左右，妻子蔡岱梅更矮些)与显贵在一起的黑白照片比比皆是。

我近来才知晓熊式一先生非凡而短暂的辉煌，在英国戏剧史和中英文化关系史上这似乎被淡化了或被当作插曲。回顾80年前的这一切，熊式一先生的《王宝川》是中国剧作家首次导演并把中国剧搬上伦敦的舞台。虽然演员都是白人，化妆成了“黄面孔”来演出，但这也可以宣称是另一种文化对中国的真实展示。我这里关心的有两个方面：首先，想搞清楚外国人上剧院时脑子里在想什么？看《王宝川》是否会让他们改变自己的想法？其次，我想说的是熊式一的小说《天桥》，虽说没有超越《王宝川》，但其对中国传统文化的探索同样有价值。

图1 熊式一《王宝川》英文版

今天在中国和英伦记得熊式一大名的人不多，20 世纪 30 年代到 50 年代他一直旅居英国。当时熊先生的大作代表着阐述中国习俗和历史的有趣而珍贵的尝试，在英伦已经得到认可。而立之年的他虽然才华横溢，但武汉大学还是不愿聘其为师，理由是他没有国外大学的文凭。熊先生的对策是到伦敦大学读研究生，在《王宝川》让其一夜成名后，他放弃了学业。对先前怀疑自己的人他没有抱怨，反倒是很感激。巴里·杰克森爵士——这个第一次拒绝了他的剧本的人——把他的剧本带到了著名的莫尔文戏剧节上，他感谢里昂·莱昂在剧中饰演了王丞相——此人最初曾经拒绝扮演这一角色。20 世纪 50 年代中期，熊先生离开英国时已经是剑桥大学的老师了。

2013 年 6 月，北京的外语教学与研究出版社再次出版他的英文小说《天桥》（首次出版于 1943 年）。《环球时报》的记者觉得很有必要发一篇文章让中国的读者重新认识这位被埋没的作家。老舍的儿子舒乙说熊先生称得上是“在中西文化交流上有突出贡献的三位大师之一”——另外两位一位是林语堂（1895—1976），一位是画家和书法家蒋彝（1903—1977），老一辈的英国人都熟知他以笔名“哑行者”出版的自插图旅游指南。凑巧的是熊式一与两人私交甚好。林语堂曾是熊式一在新加坡时的短暂雇主，蒋彝曾为熊式一的《王宝川》提供过木刻插图。

从蒋彝的笔下，我们可以窥到为什么最初那么多剧院拒绝了《王宝川》。当时的伦敦剧院对中国的戏剧相当陌生，故作者不得不既当“人父”，又做“接生婆”，实施原创并完成“安全分娩”。

熊先生不得不每天从早到晚，连续四周全部参加排练。并非每个剧作家都这样折腾，但在一部男女演员对一切都很陌生的戏剧中，确实让人无奈。女演员有可能想穿男演员的绣袍，男演员却坚持要穿女人的裙子。扮演“公主”的外国人觉得学骑马很难，蹦来蹦去的，把马鞭当成了缰绳。“员外”不时地摘掉长胡须，说嘴唇难受，演员们都很不严肃，经常开玩笑说：“难道我们真的要打扮成这样演出吗？”熊先生脾气好，让人敬佩，其成功也是理所当然。

——蒋彝著，《哑行者在伦敦》，第 144—145 页

熊先生更关心的是英伦观众会怎样来理解他移植的这部唐代戏剧，以及会用怎样的一个参照系来阐述《王宝川》。通过对有影响的评论研究，我们可以看出接受该剧的观点主要有两大类。

第一类认为该剧有异国情调，细节欢快。如剧中的女主人公抛绣球选亲，这让外国人好奇。在超越了最初的文化隔阂感以后，评论家们捕捉到的是对人类同情心的呼唤，并意识到了该剧的普世意义。加拿大《蒙特利尔公报》的戏剧评论版把《王宝川》与《耐心的格里塞尔达》相提并论。格里塞尔达是薄伽丘《十日谈》中创作出的人物。后来又把该剧和其他的作家，如乔叟《店员的故事》联系在一起。在这个故事的所有版本中，格里塞尔达的丈夫都在考验妻子的忠诚，他采取各种残酷的手段，测试自己的妻子能否守住当年结婚

时的海誓山盟。格里塞尔达的美德就在于她的忠诚，即便是在自己的丈夫欺骗她说杀了她的女儿时她也没有怨言，而最终得到的仅仅是发现自己的女儿其实没有死。王宝川对丈夫的忠诚没有受到如此悲伤的考验，虽然身居寒窑十八年，以为自己的丈夫不在人间了，她仍坚守古人“守节要到头，立志要长久”的箴言。像格里塞尔达一样，王宝川是忠诚的代表和典范，语言和文化上的差异并不影响人们对她的理解。

这种尝试带有自由人文主义的痕迹。自由人文主义是20世纪初期西方文艺批评的主流思潮之一。自由人文主义认为文学的中心是人，而经典作品中的主人公演绎的是人生境遇的方方面面。诸如莎士比亚《哈姆雷特》这样的戏剧，能经受时间的考验并享誉全球，就在于其展现的是人复杂感情的实质，用自由人文主义者的观点来说，就是超越了宗教和文化附加在人们身上的主观思想。当然，《王宝川》的魅力之一就是可以根据人们的喜好而加以改编。熊先生很清楚自己的脚本，他说这是一部大家喜欢的剧，可以根据不同的方言和剧场加以改编，但却不失其基本寓意。在古城西安，该剧的故事已经被演化为历史，故事情节成了一部受人喜爱、历久不衰的秦腔剧。在西安的曲江，距“大唐芙蓉园”不远处，有一处空窑洞，据说就是故事中的女主人公当年为了躲避母亲而栖身的寒窑。和其他类似的传奇一样，人们愿意把这当成是臆想存在的真凭实据，认为这是长安历史上的一段真实的浪漫传奇。

对于第二类评论家来说，东西方文化之间的隔阂无法逾越，感到“中国真是一个可怕的地方，什么东西都和咱们不同”。第一类评论家关注的是人物的人性，而第二类评论家对《王宝川》的理解则有意或无意地带有对中国文化乃至整个东方文化的偏见。在当时，英国的中国人还大都局限在伦敦和利物浦港口的“唐人街”里，只有极少数的英国人和中国人有直接的接触，更谈不上和中国人有亲密关系了。故诸如文学、戏剧和电影这样的媒介对英伦怎样接受中国人所起的作用非同小可。

《王宝川》无疑是第一部在伦敦西区[①] 上演的描述中国和中国人的剧本。有趣的是，第一个把《王宝川》搬上舞台的南茜·普瑞斯，13 年前曾在奥斯卡·阿舍根据《阿里巴巴和四十大盗》改编的《朱清周》中扮演过角色。

《王宝川》一剧呈现出了一个颇具异域色彩的他国。魏将军灭掉自己连襟薛平贵的手段——把他灌醉，绑在马上冲向敌营——是在借刀杀人。同样，后来他想处死“开小差”归来的薛平贵（虽然他们之间有亲戚关系）。然而，几乎没有评论家直接抨击这灰色的一面。奇怪的反倒是有一些评论家试图以欧内斯特·布拉默（Ernest Bramah, 1868—1942）的东方故事为参照来理解该剧。约 20 世纪初，布拉默以假想的中国古代说书人“凯龙”为中心，出版了几本书，故事用第一人称叙述，“凯龙故事”

① 伦敦西区是与纽约百老汇齐名的世界两大戏剧中心之一，是表演艺术的国际舞台，也是英国戏剧界的代名词。——译者注

的英语风格矫揉造作，以期折射中国的语法和思想模式。他的叙述特色是滥用成语、咒人无度。尤其是后者，有时很过分，让人忘不了。比如：

“愿蝙蝠屎落在他的祖碑上，山羊在其荒坟中媾合，”乐队齐声唱道，“愿他关键时扭了大腿筋。”

——欧内斯特·布拉默著，《凯龙的黄金岁月》，1922年

布拉默是个地地道道的英国人，没有证据证明他去过远东，那就更不用说他熟悉中国话了。把熊式一鲜活明了的对白和布拉默黏糊的小说中威胁与昏晕的言辞混为一谈，是20世纪30年代某些英国评论家令人遗憾的误读。

就我个人来说，现在一读到《王宝川》，就会想到英国18世纪的“感伤喜剧”。这种参照也许会让熊先生感觉更舒服些。这一流行时间不长的戏剧鼻祖是《旁观者》的合伙创立人理查德·斯梯尔（Richard Steele, 1672—1729）。他直言不讳地赞成在文学和生活中要有一定的风度。他的大作《自觉的情人》1722年一上演便引起了轰动，为观众献上了一部史无前例的舞台作品。斯梯尔不是靠滑稽的打闹、粗鲁的小丑、调皮话或奚落他人这些当时流行的喜剧成分来博人一笑，他的目的在于创造“快乐得笑不出来”。换句话说，不是要引人们笑话那些不幸和头脑简单的人物，而是让观众面对此情此景，产生灵魂升华上的欣喜。所有的笑都不应让人感到内疚。在《自

觉的情人》一剧中，一位伦敦的绅士想让自己的儿子娶一位富家女，而他儿子实际上在和一位与自己社会地位差距很大、根本不可能谈婚论嫁的女士偷偷恋爱。最后一幕中（没有人知道，当事人自己也不知道）两位女子发现对方是自己失散多年的同父异母姐妹，这一结果不仅让她们与父亲团圆，也让小伙子感到欣慰——无须夹在感情和孝道中受煎熬。包括我的学生在内，很多人认为这剧不真实，甚至觉得有点像当代韩国的肥皂剧。我看到韩剧中的海誓山盟、生死离别和难以置信的团圆与中国戏剧《王宝川》中的主题迥然不同，故他们的愤世嫉俗可以忽略不计。

在 1934 年破茧而出后，熊式一的个人生涯又是如何呢？他的译作在英语国家，包括澳大利亚和加纳颇为叫座，一直是人们关注的焦点。但是他却遭到了埃德加·斯诺的抨击。埃德加·斯诺觉得在大多数中国人渴望革命的时候，竟会有人与大众脱节，专注于有关权贵阶层的一部古典戏剧。除了受到圈内学者的青睐外，熊式一从未在戏剧界和翻译界引领风骚。1935 年他翻译了《西厢记》，夏志清觉得其译文独具匠心。但感觉遗憾的是，他翻译的是后来的删节本，如此一来，省略了一些有双关意义的污秽话。就他自己的戏剧创作来说，虽然大多数紧扣中国主题，但人们批评他在模仿当时的英国戏剧。1991 年，熊式一在北京去世。他的后半生到处游历讲学，包括在新加坡和中国香港。

道完这些历久弥新的保留话题，熊式一真正的成就是他

1943 年出版的历史小说《天桥》。在这部小说中，我们才见识了他真正的独到之处——把中国特色和 18 世纪的英国喜剧小说糅合在了一起。《天桥》故事发生在 19 世纪 80 年代的江西南昌——熊式一的故乡。故事聚焦于李氏家族的两代男性，情节曲折无法细述。如果说《王宝川》让人感到温馨、轻松和幽默，而熊式一在这部小说里的智慧则时不时地显得尖酸和犀利。

小说反映的是清朝末年中国外省青年的成长历程。李明是一个贪婪的地主，吝啬成性，成天想着算计他人。他的弟弟李刚则勤奋好学。相比之下，李刚是一个有恻隐之心的人，在参加科举考试的时候——他当然也想中举——但却无私地放弃了成为秀才的机会。当听到旁边考棚一位多年参考但却落第的老人准备上吊自杀时，他决定和老人互换试卷，以救老人一命，使其梦想成真。读到这段惟妙惟肖的描写，我想到了陕西渭北蒲城县以前举行科考的文庙，除了有一所学校外，庙里面还保留了几处前朝的科考号舍。人们可以想象一下，要是 21 世纪的青少年来到这里，看到这些狭小而又折磨人的木头号舍，脑海里会不会问：古代的科考与今天的高考相比，哪个更辛苦？

还是回到熊先生的小说上来，李刚学识的最佳出路是给家族里的孩子当老师。他哥哥李明常常表现得很吝啬，这在为其父亲举行葬礼时表现得尤为突出。此处，熊先生娴熟地把中国的传统智慧与机智的叙述口吻糅合在了一起：

大家都知道，鸡有“五德”，但在李家吃的鸡，至少还要多加一德：“年高有德”。乡下人全都敬老尊贤，哪里敢去吃“年高有德”的东西？只好敬而远之，留得做李府传家之宝。

于是，他们替这一次的酒起了一个好名儿，叫作“鸡飞十八桌”。他们又说李明把这些笋糟蹋了：实在采得太早！再过几天，便可以留得做家具了。

——《天桥》，第 3 页

图2　熊式一《天桥》英汉版

一旦真正地成为氏族的家长，李明就亡羊补牢般地想让自己年轻的妻子怀上一个男孩。他妻子生了个男孩，但生下来时已经死了。为了顾全面子，李明从一个渔夫那里买了个孩子，起名叫大同，被偷偷地带到了李家大院，然而，生下来已经死了的男孩后来又活过来了，起名叫小明。这样李家只能对外说是生了个双胞胎。

两个孩子的性格和出身对比鲜明，亲生的得宠，收养的疏离，这无意中带来的冲突很像英国小说家亨利·菲尔丁(1707—1754)喜剧小说《汤姆·琼斯》中的情节。在这部小说中，出身好的普利菲尔处处与其齐名的主人公汤姆过不去。汤姆是个弃儿，并非捡于河岸边，而是被其生母遗弃在村里一位绅士家的床上。两个孩子一起读书，常常是汤姆遭陷害，受惩罚，被校长无情殴打。书中校长形象体现在《天桥》中的李明身上。让李明沮丧和头疼的是，养子大同面对难懂的经典学得很轻松，亲儿子小明读《百家姓》都很吃力，而他觉得“轿夫脚夫(的儿子)读‘百家姓’还有点用，将来好认公馆牌子”。

李明一心要挽回亲儿子的荣誉，所以他利用一切机会想说明自己的儿子比渔夫的后人命好。例如在描写孩子周岁举行的“抓周试儿”仪式上。李家的人和亲朋虽然知道这个仪式“特易出错”，但为了有面子，便想方设法让自家的宠儿在“抓周”时万无一失。小明的外婆吴老太太准备了笔和《四书》，把书用黄绫子扎住，放在案上最中央的地方。当小明的小胳膊伸向笔时全家人都乐了，然而乐过之后众人才注意到，他没有抓笔，手中早已拿着了一把裁纸用的剪刀，满怀恶意地要刺奶妈，吓得奶妈大声尖叫。小明的野蛮从小可见一斑，此真乃绝妙的讽刺。

除了过渡时期这些值得纪念的人物以外，《天桥》的后半部讲述的是大同决心为建立共和国而奋斗。对复杂历史生活的真实描绘，让这本小说也的确遭到了一些非议。大同勇敢和出色地完成了在北京的使命，但那一段不好驾驭的革命斗争使熊先生没有写下去，这有些遗憾。大同是袁世凯的秘书，他救过大同的命。《天桥》只写到了袁世凯复辟和恢复帝制以前，不明就里的外国读者会把他当英雄而不是一个渴望权力的自大狂。从这点讲，我们可以理解为什么这本小说在中国一直被忽视了。

在翻译的浪漫古典剧和原创小说中，熊先生在竭力阐述中国古典文化的一些内涵，既无夸张，也无贬低。虽然小说出版于“二战”时期最艰苦的年代，读书的人有限，但小说却售出了一万多册。毫无疑问，许多英国读者认同小说中对暴力和压迫的反抗。熊先生和其夫人的全本传记于2014年首次出版，但愿这能唤起人们对其作品的兴趣——西方读者肯定会感到有意思的。

第二章

李约瑟与《中国的科学与文明》

《中国的科学与文明》之第四卷《物理学及相关技术》

李约瑟著

英国，剑桥大学出版社　定价：9.1 镑

李约瑟博士这套丛书每一卷的问世，以及其向西方的历史学家展示中国的科技发展方面都会增加我们对这部著作的敬意和感恩。作为研究中国文明的一线权威，李约瑟博士有权对自己的同行史学家“不耐烦”，他指责自己的很多同行在科技发展的诸多关键问题上，“有意贬低非欧洲血统”的国家。

李约瑟博士对专业的热情使得他低估了一个事实，那就是他的很多同行既没有他的汉语功夫，也没有母语为汉语的学者与其合作的机会。大多数历史学家在这个行当只能依赖少有的语言学家对中国典籍译著，这些人当然常常会忽视科技信息的重要性；或者是以民族学家的著述为研究基础，这些人的著述却很少对这方面有历史性的探讨。在研究中，经充分释译的中国经典著作的作用是不可替代的。本书后就附有大量涉及多个题材的文献作为参考。不过，尽管本书中引用的句子已经充分诠释，却依旧不能达到所需的标准。就眼下的知识境遇来讲，人们不得不借助于这样不充分的一手信息——而这样的信息中作者个人的有限观察占的比重很大。

然而，他必须意识到这样一个事实：尽管许多历史学家在见识过中国工匠之后，无不羡慕这些人的技艺和灵巧，但由于怯于引用第二、三手资料（尤其是因为翻译中文文本的困难），他们最终对这一问题保持沉默。

虽然本卷主要涉及的是机械工程，但也有不少其他方面的重要材料。李约瑟博士开篇探讨的是技师和匠人在中国的地位。在官营作坊里，诸如盐和铁这样的国家产业比我们要起步得早，在一个手工艺和工业生产相当滞后的社会里，为了满足村落的需要或财产的管理，工匠们不得不制造和操作特别复杂的机械。

中国古时候的奴隶不多，大多数是在私人家里干活，大型的公共项目都是靠像古埃及那样的赋役制度，对中国发明者社会地位的仔细考究显示，技术灵巧并不只限于匠人，而是社会各个阶层都有。李约瑟博士也探讨了工匠的传承，包括学徒制度和出师礼仪。他对中国工程文献的论述，让人们渴望能读到更多的这类经典的好版本。他还特别论述了在耶稣会士到达北京后，西方工程学指南对中国的影响。

本书中分类详述了杠杆、铰链、齿轮、踏板、滑轮、曲柄、螺杆、弹簧、导管、阀门、风箱、水泵和风扇（都是分类详述）。还有章节谈到了驾驭动物的套具（这对西欧来说尤为重要）、驱动水流和水力驱动的器械——后来在此基础上才有了木制水车和明轮船。书中也讲到了中国灵巧的发条和独特的风车，在航空工业尚未发展时，中国发明的形式各异的风筝、直升机、陀螺、降落伞和气球等。翔实的参考文献和索引使本书更具指南的价值，为科技史研究的学者提供了一个权威的参考。

《泰晤士报文学副刊》，1966年2月10日

就人类而言——我也是其中一员——其心态绝对是不科学的，李约瑟（1900—1995）的终身事业涉及诸多让人生畏的前沿。他在而立之年过后才对中国发生学术兴趣，但却以彗星划过天空一样的速度在英国乃至欧洲成为最推崇中国的翘楚。到这篇评论发表的1966年，其身上的光环已无与伦比。《中国的科学与文明》每一卷的出版都被认为是学术界的里程碑，实际上，没有哪个西方人在阅读的广度上能与李约瑟和他在剑桥大学的团队比肩。试图对其终身的宏伟事业吹毛求疵的人乃胆识过人或鲁莽之徒，故《泰晤士报文学副刊》那时依旧沿袭佚名发表书评的政策不失为恻隐之举。

《中国的科学与文明》的出版，并没有随着李约瑟的离世而夭折，而是依旧在发扬光大：2004 年出版了《陶瓷》分册，2008 年出版了《冶金》分册。与李约瑟在 1948 年 5 月最初提交的出书计划相比，这两本分册转向了突出专业特色。剑桥大学以李约瑟博士的名字命名的研究所吸引着国际人才继续其未竟的事业，不过现在其学术范围更大，加上了对日本和韩国的研究。我很欣喜地发现该所 2013—2014 的一位研究员是来自西安西北大学、研究历史和制图的女博士。更令人心动的是李约瑟曾几次到过陕西，甚至当他站在“碑林博物馆”珍贵的碑林中时，写下了自己的老年抒怀：

六十有四白发苍苍，
重返文庙闻道有时。
著述颇多良莠不知，
心怀虔诚医民伤痕。
谁知何日重返关中？
……华夏吾友
祈愿孔孟人间正道，
公平正义仁爱有知。
祈愿天下四海升平，
人皆息战而非操戈。

——李约瑟著，《四海之内》，第 110—111 页显然，作诗并非李约瑟的强项，但在上述的诗行中，他简洁地表达出了自己对中国传统文化正能量的信念，并预言中国将会引领世界走上全球和平之旅。

李约瑟对中国发明的相关研究以及今天对东西方科学技术发展速度之辩有何意义？《中国科学与文明》涉及范围不断拓展，这向我们揭示这样一个事实：发起这项书籍编写工程的李约瑟博士既精于开拓研究的新领域，也善于解决研究中的难题，那些未读过其大作或甚至没有听说过他的人也许不熟悉所谓的“李约瑟之谜”[①]，这是他从事这项研究的永恒背景。他曾叩问：

为什么中国的科学总是停留和局限在原始理论和中世纪的经验阶段呢？抑制亚洲在现代科学上崛起的因素是什么呢？

中国曾是历史上大多数重要发明的源头，但是，大约在 17 世纪，在新技术的发展上，中国显然落后于欧洲国家。西方的启蒙思想家趋于将此归罪于中国人与日俱增的自大感。

---

① 又译为“李约瑟之难题”（Needham question），是指在其编著的 15 卷《中国的科学与文明》中提出的一个两段式的表述：第一段是：为什么在公元前 1 世纪到公元 16 世纪之间，古代中国人在科学和技术方面的发达程度远远超过同时期的欧洲？中国的政教分离现象、文官选拔制度、私塾教育和诸子百家流派为何没有在同期的欧洲产生？第二段是：为什么近代科学没有产生在中国，而是产生在 17 世纪的西方，特别是文艺复兴之后的欧洲？李约瑟难题的实质内容在于中国古代的经验科学领先世界一千年，但为何中国没有产生近代实验科学，这是关于两种科学研究范式的起源问题。——译者注

他们认为，中国在过去取得的无与伦比的文化成就和相对稳定的国内和平，使得国民丧失了创新精神。狄德罗在18世纪反思说："东方对安逸和慵懒的追求，使得他们只关心个人的切身利益，缺乏挑战传统常识的勇气。"李约瑟虽然下功夫在搜寻证据，以便证明在明末清初中国的确经历了一段时间在科技上的停滞不前，但他却没有一味地否认中国自大说。一篇杂志的文章不足以对一个人盖棺论定，但却可以有机会重审这一宏伟工程后面的人格。在评价一直延续到2014年的"李约瑟之谜"前，我将首先描述一下李约瑟对中国的慧眼独具。

在完成了《中国的科学与文明》的第四卷之第3分册《土

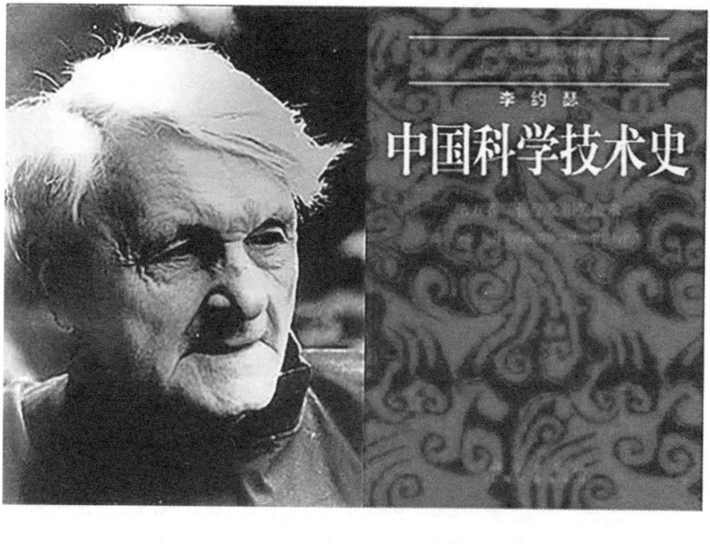

图3 李约瑟《中国科学技术史》汉语版

木工程和航海》时，李约瑟已经为了终极目的的问题在烦恼了。换句话说，这位花了大量时间和心血挖掘科学和技术来龙去脉的学者已过了古稀之年，他至少有那么一点疑惑的阴影，想自己可能看不到大功告成了。在前言中，他试图通过英国浪漫派诗人的诗行来驱赶自己心头的阴影，他写道：

探索几乎是个无底洞的中国科学史，太多东西不为世人所知晓，现在我们接触到了物理与物理技术这一闪闪发光的脉络……

不难看出此处的所引乃未完成的《忽必烈汗》之开篇，在这首诗中柯勒律治（Samuel Taylor Coleridge, 1772—1834，英国浪漫派诗人）在想象远东的君王建造宫殿时辉煌的物理技术，诗中写道：

忽必列汗在上都降旨，
造一座巍峨的逸乐宫，
那里有圣河亚佛流奔，
穿过深不可测的洞门，
流入不见阳光的海洋。

李约瑟将这些诗行重组为一个简洁的妙喻。长期以来，他和同在一条旅途上的团队已经编织出了一个像圣河亚佛的地下通道。沿着这条通道，他们有幸从一个新缝隙窥到了犹如地质沉淀般厚重的科学知识。柯勒律治笔下“深不可测的洞”在李约瑟的眼中则“几乎是个无底洞”，那就是说深不可测不过是幻觉中的假象，李约瑟充分预计到自己的这一蓝图能够也一定会圆满完成。

一心一意所钟情的事业耗去了这位英国精英半个世纪的光阴。在 1931 年，他已因著述三卷本的《胚胎学历史》而出名，而且很容易谋到一份长期稳定的教职，在教学和科研中度过漫长的职业生涯。即便是在这样的早期阶段，他也显示出超越普通学者的天赋。他的妻子李大菲[①] 曾讲述过他是怎样工作的：李约瑟博士晚上躺在床上，在手头没有任何参考资料的时候，在脑海里过一遍刚刚完成的每一页手稿，需要做修改就速记放在肚子上的一个记事簿上，第二天再到办公室里修改。对他来说这很自然，就像其他人为了消磨时间在床上看小说和听广播一样。

在李约瑟离世后，传记作家曾试图颠覆他的学术巨人或学术机器形象。西门·温彻斯特的名著《火药、书和罗盘：李约瑟与中国的伟大秘密》，披露李约瑟复杂的个人感情生活，并以此来演绎他对中国的厚爱以及为什么他会把“非欧洲血统”的科技发明捧得如此之高。根据温彻斯特的演绎，李约瑟钟爱远东的主要催化剂乃是与他有半个世纪浪漫之爱的情人鲁桂珍，她在李约瑟的原配李大菲去世后，成为他的第

① 英文名多萝西 · 莫伊尔（Dorothy Moyle），也是一位有名的科学家。——译者注

二任妻子。鲁女士是南京一位杏林世家的小姐，由于她所学的生物化学当时无法在国内深造，于是她觉得有必要出国学习。因为敬佩李约瑟夫妇的著述，她很快就和他们打得火热，显然，李约瑟和她的关系半年后便升温了。

从那时起，二人的心灵和吸收中国一切文化的冲动——特别是语言这一文化——就交织在了一起。在听到鲁女士的故乡城市遭到日本侵略者的邪恶蹂躏后，李约瑟就成了英国为数不多的主张军援中国的公众人物之一。他的呐喊不足以改变政府的决策，但经过不懈的努力，他成了设在重庆的“中英科学合作馆”的首任主持。从 1943 年至 1946 年，他四处游历，送来显微镜等人们需要的器材，并为自己的研究收集珍贵的资料，如他淘到了两卷清初大百科全书《古今图书集成》。同时，他也开启了像斯坦因那样的大西北之旅。他访问了 296 所高等院校和科研机构并且受到了热情接待，是一位真正让人敬畏的人物。

李约瑟的中国之旅恰逢其时，他所受到的礼遇大大超过他的前几代人。他没有走马戛尔尼伯爵 (Lord Macartney, 1737—1806) 的老路，马戛尔尼伯爵以为乾隆皇帝会对他带来的热气球和其他的西方洋玩意儿感兴趣。李约瑟找的是同行，为他们带来了实用的科学仪器，这些人也不会怀疑他到中国来是居心不善。

另一种对李约瑟的中国情结解读——特别是他对中国当代生活的兴趣——运用了弗洛伊德的压抑说：被压抑者陷入了

一种被抑制状态，在这种情况下，某些习俗和境遇被污蔑为禁忌，然而一旦从这种压抑的心理桎梏中解脱出来，被压抑者便会钟爱和专注于以前不让其接触的东西。

在与李大菲结婚前，李约瑟一直生活在一个很保守的文化圈里——这在爱德华时代的英格兰很常见。与其成年后颇有女人缘的形象不同，孩提时的李约瑟按照当时中上层家庭的习俗不得不穿裙子和留女性化的头发。少年时代的他家里依旧不遗余力地鼓励他学习，并不允许他染指任何与工薪阶层有牵连的文化与生活。在大约11岁的时候，他上私立学校的火车晚点，这让他经历了一次顿悟。旁边停车的一位火车司机看见了他，司机意识到他很无聊，便邀请他爬上车头，并主动给他讲解蒸汽机的工作原理。虽然他手上沾满了污油，肺里吸了不少烟尘，但却一下子意识到了科技的真正迷人之处。这的确有些讽刺，因为当时对于一个工人阶级家庭背景的人来说开火车是一份梦寐以求的工作。

从对机械世界的着迷到最终成为一个科研人员，而不是成为一个操作机器的人，显示出他同化了另一个自我。这种不合群的冲动成了他的个性标志，对他生活中的诸多方面颇有影响，时不时还会引起被外界演绎为是尖锐矛盾的问题。父母一夫一妻的单调婚姻关系促使李约瑟选择了开放的婚姻状态，认为在婚内可以寻找不同的伴侣。李约瑟夫妇一直是英格兰教会的忠实信徒，每个星期天都去做礼拜，但社会良知感让他们在观念上更加接近当代很多的马克思主义者，而不是自由放任的中产阶级基督徒。他们在埃塞克斯郡撒克斯特德的教区牧师康拉德·诺尔的外号就叫“红色教长”，因为他颇有争议地宣称社会主义和基督教完全是相辅相成的，皈依教门的人就应当反对英国的阶级制度。李约瑟是他忠实的听众，并撰文和出版宣传册赞扬家乡土生土长的社会主义信仰者，例如杰拉德·温斯坦利①。

在历史和文化背景完全不同的中国，李约瑟发现内战的动荡促使这个社会产生了民主精神，虽然他厌恶暴力，对此却很欣慰。如当他在20世纪40年代在宝鸡旅行的时候，让他印象颇深的是，普通工人不论是当地的还是外来的，都能被有效地组织在一起干活，且和睦相处。

那一刻你情不自禁地会感到大家庭的观念在起作用，他们结为紧密的团体，有力的配合，在极度困难的情况下做工，甚至在战争的最后阶段，面对国民党政府的反对也是如此。

见识了组织起来的劳工力量，他的热情不久就转化为公开地称赞中国的共产主义及其将生产方式交还人民的目标。虽然李约瑟从未加入中国或英国的共产党，但他却写诗赞扬毛

---

① 温斯坦利（Gerard Winstanley, 1609—1676），是一位宗教改革家，英国资产阶级革命时掘土派（diggers）领袖，他认为，社会上一切罪恶的根源是土地私有制。在此基础上才产生差别、暴力、战争以及专制王权。温斯坦利认为，土地应交还人民，由人民共同享有、耕种。

主席的巨大成就。1964年重访延安，他赞颂陕北是圣地，像耶路撒冷或是释迦牟尼感受涅槃的菩提树一样唤醒每一个人，他写道：

山峦起伏烟雾缥缈，
沟壑纵横黄土高坡。
浑浊奔涌延河水，
色如砖坯刚风干。
小米当饭有不同，
并非荒野苏格兰。
此乃中国陕西省，
压迫之下获新生。
一代圣人思想家，
驻足此地弄潮头。
带领团队鼓斗志，
星火传递几十春。
他是人民智多星，
他是塔顶指航灯。
清凉山上巍峨站，
为民指点人间正道，
共产党人前进指南。

——李约瑟著，《四海之内》，第173—174页如果说李约瑟的散文还有点赫兹里特或兰姆[①]的阳刚和细腻，那么他的诗则是牵强附会、缺乏生气的骈文。虽然艺术品味有限，但还是有那么一点内在的价值。通过赞扬毛泽东是那个时代的圣人和思想家，李约瑟是在宣扬他自己对信仰实用甚至是调和的态度。不要以为他是西方人和基督徒，就不会崇拜马克思主义思想。李约瑟认为，马克思主义的意识形态抨击宗教组织有其虚伪的一面，这为国家在政治、经济和社会生活领域进行改革带来了希望。

要理解《中国的科技与文明》中对不同的宗教和意识形态的处理，李约瑟的这种洞察是一块很有用的基石。该丛书的开卷之作《入门方针》在1954年出版后，人们要求他退后一步，充分考虑一下中国历史上不同思想流派的较量，从而得出这些思想为孕育或抑制现代科学发展的佐证。感悟力不强的观察者满足于称赞唐代学术的丰富和宋朝的细腻，然而李约瑟则喜欢迎难而上，探索有争议的领域。

在该丛书的第二卷中，他聚焦于中国传统思想的儒、释、道。在李约瑟的眼中，儒家的重要并不是因为儒家学派培育了一种独特的科学调查精神。实际上，孔子的弟子中有人反其道而行之。孔子的言论为一种教育系统奠定了基础，其理论是基于英才而不是世袭的权利。他评点说：

---

① 赫兹里特（William Hazlitt）和兰姆（Charles Lamb）都是英国有名的散文家。——译者注

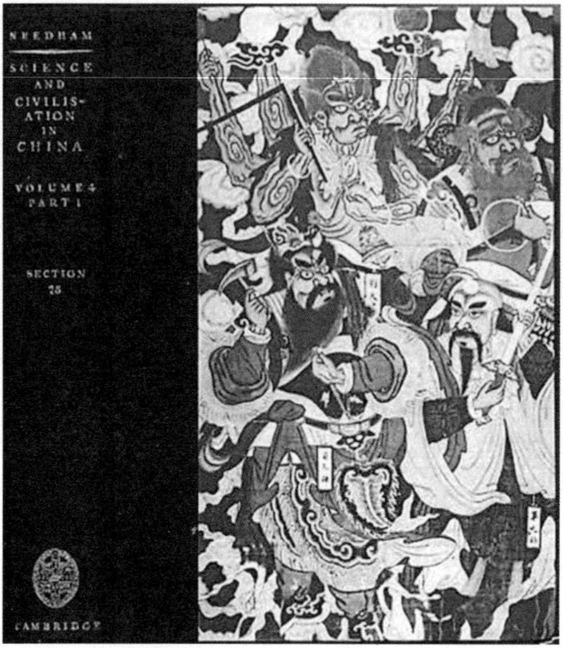

图4　李约瑟《中国科学技术史》英文版

如果人人是可教的，那么每个普通人就能和别人一样地判别真理，而增加他判别能力的条件只有教育、经验和才能。

——李约瑟著，《中国的科技与文明》第二卷，第9页

李约瑟信奉马克思主义的原因在于其鼓励改革和平等；与此相似的是他肯定儒家是因为其催生了如“科举”那样的体制。虽然世人对“科举”有争议，并且最终被废除，但“科举”证明一个人只要有才干，不论出身多么贫贱，都有出人头地的机会。这一切比西方实行民主教育早得多。

另外，李约瑟在自己的作品中倾向于淡化儒家，因为在他看来儒家思想的捍卫者看重的是社会秩序和伦理。同样，佛家在科学发展中的作用也被淡化，是因为禅宗的主旨是反世俗、重来生。李约瑟的确也承认佛门寺庙藏经阁的宏伟，但据一些当今的汉学家所言，如大英图书馆的弗兰西斯·伍德就认为，李约瑟轻描淡写地认为佛教学者善于为自己的信仰而辩，对科学不感兴趣。基于此，李约瑟对少数民族的信仰以及本土宗教的作用着墨不多。

在李约瑟看来，不论是有意还是无意的，古代中国最有研究思维意识的当属道家，因为道家提出了一套完整的宇宙观念，并积极鼓励其弟子去思考物质与精神的实质，这有助于人们在科学上有新发现。他说：

> 道家思想体系直到今天还在中国人的思想背景中占有至少和儒家同样重要的地位。它是一种哲学和宗教出色而极其有趣的结合，同时包含着“原始的”科学和方技。它对于了解全部中国科学技术是极其重要的。
>
> ——李约瑟著,《中国的科技与文明》第2卷，第33页

在此，作者有必要澄清其所指：道家代表的是一个宽泛的信仰体系，包括战国时期的“巫”“方术”大师以及活跃在学术界如医学界的名士。李约瑟特别推崇葛洪，因为在《抱朴子》的内篇中，葛洪提出了一个在李约瑟眼中堪与亚里士

多德相媲美的病理分类和治疗体系。虽然《中国的科技与文明》依据西方现代惯例总是用“科学”一词，但却不能排除人们对道家的争议，因为其“炼丹”和“道术”中的很多成分今天被认为只是科学的“雏形”。是故，中国的科技史散落在各种繁杂且常常是不同体裁的文本中。革新有高潮也有低谷，时而与君主在宗教上反复无常的独尊而排他相关。

如此一来，李约瑟之名何立？难道其作品通过特殊镜头折射出的中国复杂的信仰体系有所折扣？事实上，他本人今天已经成为学术研究对象的事实已经完全肯定了其作品的魅力。诸多20世纪和21世纪的伟人都曾经思索过中国在科学上落后的窘境。如爱因斯坦就认为中国没有科技革新，落后于西方是因为中国没有出现欧几里得那样的几何学，他对“李约瑟之谜”的叩问是，世人没有必要询问中国为什么缺乏科技革新，而该问的是任何一个国家为何一定要有科技革新。

“李约瑟之谜”也可被视为时代的产物。70年前，当李约瑟初次踏上中国时，这个国家对自己近代史的阐释是从以前的辉煌陷入了一个列强凌辱、清廷腐败和军阀割据的不幸旋涡。当时棘手的抗战和内战让人觉得国家统一的前景似乎还很遥远。在21世纪的初，经过十几年的改革开放后，再来思索“李约瑟之谜”，让人觉得中国以前的百年屈辱和科技上的滞后，在近五千年的文明史中不过是短暂的瞬间而已。

对“李约瑟之谜”的一个不全面但却较为满意的回答与其说是在科学领域，倒不如说是在政治科学领域。很久以前，大卫·休谟（David Hume, 1711—1776）在比较欧洲和东方国家的命运时就理智地说过，在科技进步方面，为了自身生存而竞争的小国优于内部相对稳定的大国。这一点也可以解释大英帝国的成功及其对手的境遇。20 世纪 60 年代，罗伯特·韦森也更委婉地提出过相同的论点：

> 国家效率愈高，其臣民则愈传统，愈缺乏想象力。然而，天才总是不免……从平民百姓的角度来讲感觉失调。在大国，激励天才的理想主义不复存在……国家缺失爱国心和激情。
>
> 专制如德·托克维尔所言，禁锢人的灵魂。穷人满足于苟活，学人漠不关心，缺少同情心，人们全都失去了创造新思想的能力。
>
> ——罗伯特·韦森著，《帝国的秩序》

自满的旧中国可以说是自己成功的牺牲品。强大和实质上独裁的管理体系让民众觉得自己所处的社会自给自足，极大地抑制了人们走出眼前境遇的需求和愿望。

从 1995 年李约瑟去世以来，中国所发生的一切与这一历史境遇截然不同了。“科学”和“科学性”在人们的生活中无处不在。在前任国家主席胡锦涛提出“科学发展观”后，大学章程和公司的宣传册无不彰显着“科学”二字。这一部分着眼点在于政府策略的扩展，但社会发展和经济管理也同样受益匪浅。他的这一举措明智地让人们感到他是在建立新中国的原则上继往开来。

另外，重申“科学”似乎帮助中国人从心理上把新中国成立前与后拉开了距离。旧中国被认为是一个衰退的国度。而现在，科技上的开放已经成为中国的标志之一。通过积极推进科学教育和投资科技实业与交流，中国政府作为国家利益的最佳保护者，充分彰显出自己的前瞻性。再用休谟的话来说，就是创建了一个“文明”社会。但不论如何，既然已经对外开放，加入了全球竞争，中国现在就必须搞科技创新。但在现实中，颇具讽刺意味的是，中国的许多殊荣放在了原本起源于中国，但却出口到了西方的许多发明和创造上。

大家都可以猜猜李约瑟会怎样看待这种现象。他也许会苦笑着欢迎中国加入到业已过时的宇航工业中来，毕竟是中国人在 12 世纪首先发明了推动火箭升空的火药。不过，从价值观上讲这个问题会更复杂，李约瑟的社会主义观念无疑是“乌托邦”式的，虽然对所有不同哲学观点都有涉猎，但他从未放弃自己的有神论观点。要是今天他还健在，重访西安，他就有机会目睹高新区的胚胎研究中心以及航空和航天中心。当然也肯定要去碑林博物馆，想一想将来的文明实际上在于“阴阳平衡、仁义，没有过分的理性，亦没有过分的非理性”。

第三章

毛姆与中国（上）

这天夜里很冷，吃过晚饭后，我坐在燃着木炭的火盆边取暖，我的仆童在给我铺床。住在我隔壁的是那些苦力，他们大多已睡了，隔着薄薄的木板墙，我听见还有几个人在聊天。一小时前，另一拨旅客到了，于是小客店就满员了。突然，外面传来一阵喧闹，我起身到门前，看到从外面进来了三乘轿子。轿子停在我面前，从第一个轿子中走出一名中国人，身材粗壮，气宇不凡。他身着松鼠皮镶边的黑色华丽丝袍，头戴一顶方皮帽。看到我站在主客房门前，似乎吃了一惊，随即转向店主，用一种威严的语气询问起来。显然他是位官员，因为客店最好的房间已被人占用而很是不满。店主告诉他有一个房间，沿墙的几张床上铺着稻草，通常是给苦力住的。他大发雷霆，场面一下子就热闹起来了。这官员和他的两位随从以及脚夫都嚷嚷着说这是对大人的侮辱。店主和仆役不停地申辩、解释和恳求。那官员咆哮着威胁店主，先前宁静的小院回荡着愤怒的吼声。但吵闹来得快去得也快，喧哗结束，官员住进了空房。脏兮兮的仆役端来了热水，店主跟着送上了热腾腾的大碗米饭。一切又都安静了下来。

一小时后，我走到院子里，打算在临睡前活动下腿脚。想不到却碰到了那位矮胖的官员。刚刚还刚愎自用、傲气十足的他现在却和那伙衣衫褴褛的苦力一起坐在客店前的小桌边。他们愉快地交谈着，那个官员静静地抽着水烟。他之前的所作所为不过是为了面子，一旦有了面子，就想找人聊天，也就不在意与苦力的社会差异了。他的态度很热情，没有丝毫屈尊下架的不快。苦力则和他平起平坐地聊天。在我看来，这就是真正的民主。在东方，人与人的这种平等从某种意义上讲，在欧洲和美国是没有的。权力和财富让人的地位有尊卑纯属偶然，但并不妨碍人与人的交往。

躺在床上后，我问自己为什么在东方，人与人之间的平等远胜过自由民主的西方。我的结论是答案在臭水沟里。在西方，我们常凭嗅觉来划分人。劳动者是主人，倾向于用铁腕统治我们，但不可否认他们身上有臭味：一大早在上班铃响前急着去工厂，洗澡可不是件方便的事。再说，干重活身上也不会有香味。而且如果一周的脏衣服都是由嘴巴厉害的老婆洗，一个人也就不会勤换衣服了。我不责怪有臭味的劳动者，其臭也是事实。但对嗅觉灵敏的人来说，这会带来社交上的困难。清早洗浴要比出身、财富和教育更能区分不同的阶级。耐人寻味的是，那些出身于劳动人民的作家常把这作为社会偏见的象征。当代一位最有名的作家在其风趣作品中，常用每天早晨洗澡来定位作品中的恶棍。我斗胆说，也许臭水沟比议会制度更有利于民主。“卫生设备”的发明毁了人的平等观念，这比少数人对资本的垄断更能引起阶级仇恨。

当第一个人拉下抽水马桶的把手时，他其实已不自觉地敲响了民主的丧钟，念此悲涌心头。

——毛姆著，《在中国屏风上》中《民主》一文，1922 年

威廉·萨默塞特·毛姆（1874—1965）不是第一个，当然肯定也不会是最后一个回避中国传统卫生状况的外国人。在他为后来的散文集《在中国屏风上》搜集素材的时候，到中国旅行的英国人都会接到有关这方面的明确建议。传教士拉滕伯里（Harold Rattenbury）曾在当年的河北和湖北待过多年，他在回忆录中告诫刚到中国的同胞，要是看到有人铁青着脸，肩上扁担的两头各有一个脏桶，吃力地从巷子里走来，那有可能就是个掏粪工。绝对不要出于基督徒的怜悯而凑上前去，如果可能，不要站在那人的下风头。要是不听劝诫，这个外国人就会成为经验丰富的中国老手的笑柄。更为严重的是，将会留下终生难忘的嗅觉创伤。

作为一个高明的环球旅行家，毛姆显然对长江流域乡下客

店的马桶和茅坑不以为奇。他把球踢给了西方读者，旁敲侧击说忍受臭味的能力让中国人有别于其他民族的人，也让他们在社会中没有阶级划分。毛姆轻描淡写对粪便的嘲弄，让人想起法国作家维克多·雨果颇为相似的精彩言论。在《悲惨世界》中，他认为中国人的天才在于他们意识到人粪比动物粪更有“养分”。当西方的农民还在依靠需要饲料和放养的家禽家畜粪肥时，中国的农民就已经认识到自己的直肠是很好的资源了。雨果从远东大城市与乡下的合作看到了民族复兴。他在书中写道：“大城市产粪极多。让城市施肥于田野，定有成功之处。如果我们的黄金是屎尿，反之，我们的屎尿就是黄金。”

雨果的话至今有共鸣，他的初衷不是要说粗话，而是观察到诸如巴黎这样的大城市太浪费了，建设庞大的卫生系统，却是为了冲走人类最自然的副产品。毛姆对“中国民主”的概念在当时也许是真的，但显然经不住时间的考验。因为他的视野必然受到当时特定时代的限制。由于无法前瞻赋予老百姓权力的新时代，毛姆只能依靠平日的观察，把表面上的东西当作中国的传统。他笔下的中国只是瞬间的快照，并非价值不菲的人类学研究。

毛姆笔下的中国虽支离破碎，却也有其价值。从 1919 年 9 月到 1920 年 3 月，他访问了北京和上海，然后乘汽船沿着长江最远到了重庆。换句话说，他不但熟悉当时中国的两大主要城市，而且也领略了内地千里多地的风土人情。1922 年底，他去了当时的“中南半岛”，借机停留香港，然后又原路回到了上海。回到欧洲不到两年，他就一气呵成写了 60 篇有关中国的作品，包括剧本《苏伊士之东》，小说《华丽的面纱》和散文集《在中国屏风上》(58 篇)。实际上，在大多数毛姆的传记中，他在中国的旅行以及在那里的文学成果通常是独立成章的。

故若再写一篇有关毛姆与中国的文章，既不能做假还要有新意。为了解决这个难题，我将自己的文章分为两部分。第一部分谈与定居在华夏的外国人相比，毛姆笔下的中国人形象有何不同。在其描述中国的作品里，这两类人都占有不小的篇幅，但正如本文所示，毛姆对民族和民族分歧的处理在一定程度上有些模棱两可，充其量就是让人烦。第二部分谈了一个至今几乎被评论家忽视了的话题，即他所熟悉的中国传统思想在多大程度上影响了他对中国的描述。

毛姆并非人们通常认可的哲理小说家(那就更不用说是“有思想的作家”了)。这不是说他从不根据某种道德标准——不论是外国的还是中国的——来衡量自己散文中主人公的行为。

事实上，正如毛姆自己承认的那样，他不是一个研究中国的专家。他在旅行中和他人的谈话都是用英语或通用的法语。毛姆出生在英国驻法国大使馆，其父亲是大使馆的法律顾问，后来又把家安在法国的里维埃拉，故他的英语和法语都很好。虽然他在中国一直依靠当地的翻译，也无法读懂中文的原文经典，但这却丝毫没有影响他从自己的角度去观察中国社会，并用一个“外人”的角度来记录这一切。这些虽不足以使他深入探究，却不影响他对中国人和中国文化的崇高敬意。他所抨击的不外乎是英国人在海外的虚伪。这在《在中国屏风上》的第二篇散文中论述得最为到位，该篇也是他为本书命名的灵感所在。《女主人的客厅》描述的是和一位英国女人的谈话。她买下了一处明代的庙宇，用进口货取代了原来所有的装饰和布置。在清楚地表达了自己对中国审美意识的不满后，她不得不承认大厅需要隔开，而只有中国的屏风最合适。她想在这座庙宇里营造出具有英国特色的空间，但最终也未能避免中国文化的闯入。

剧本《苏伊士之东》是毛姆首部与中国相关的作品，从文学性上讲，此乃其三部曲中最差的一部。剧名就暗含着殖民色彩，“苏伊士之东”一语出自英国作家拉迪亚德·吉卜林（Rudyard Kipling, 1865—1936）诗歌的“曼德勒”，指的是英国殖民统治下的东方地区，当时仅指印度、香港、文莱、缅甸、英属马来西亚、北婆罗洲、沙捞越和澳大利亚。很快就又带上了政治和军事腔调，所以到了20世纪20年代，就成了表示“文明”世界之外不毛之地的简称。毛姆东方叙事的开篇不证自明，几乎与《在中国屏风上》独立成篇。其开始的第一幕没有对话，只是一堆的舞台指示，让人感受到这是熙熙攘攘的北京街头。1922年在伦敦的皇家剧院首演时，乐队的指挥尤金·戈森斯多招了60个中国人，包括来自索霍区的街头音乐家，以期让场面显得更真实。当时正在访问英国的梅兰芳对此戏剧场面颇为着迷。十多年后，终于有机会看了熊式一场的《王宝川》，梅兰芳的这份热情这才有所减退。

市面上的景象和响动，从传统的药材到鳄鱼标本，都标得清清楚楚，这些情景和第二幕英美烟草公司办公室的呆板形成了鲜明的对比。三位在中国的英国侨民谈论着城市生活的烦恼，他们为了消磨时光就没完没了地打网球喝酒。其中的两个：乔治和哈罗德，在交流有关“欧亚人”的恶习，并认为像他们这样有抱负的人要是与亚洲和高加索血统混合的女人成婚，那就是被可悲地戴上了社会的枷锁。另外一个人亨利变得越来越不安分，最后承认现在和他订婚的那个寡妇已故的父亲是美国人，母亲是中国人。更火上浇油的是，他那个未婚妻“纳斯本夫人”就是前几年在重庆和乔治有一腿的活泼女子——黛西。虽然婚期临近，但黛西和乔治死灰复燃，想重温鸳鸯梦。

黛西是一个生活在两个世界夹缝中的女人，哪一个也不接受她。她母亲为了改变家庭的命运，在她十几岁的时候就把她嫁给了上海商人李泰成，此人毕业于爱丁堡大学，后来又在牛津大学和哈佛大学深造。李泰成虽然学历高，但她却讨厌他。后来黛西和亨利结婚一年后，李泰成来到北京，显然是想把她抢回去。李泰成密谋让手下人在大街上刺杀亨利，但行动失败了，他们错把乔治认成了亨利，那位不幸的替罪羊死里逃生，只受了点小伤。黛西对李泰成昂贵的礼物嗤之以鼻，他便用让人难以置信的言辞嘲讽黛西的身世：

当你父亲的血统和你从母亲那里继承来的先祖们的血统融合到一起时，那将会给你带来一种怎样的力量呢？我们这个民族很纯洁，也很强大。外国人蹂躏我们，但要不了多久我们就会把他们同化，所以我们身上没有留下任何外国人的痕迹。中国就像长江，虽然支流过百，但却亘古不变。金沙江气势磅礴、急流奔涌、泰然自若、绵恒如初。你有何胆量逆流而上？你可以穿欧洲人的衣服，吃欧洲人的饭，但内心里你是个中国女人。难道你的激情像白人那样脆弱和优柔寡断吗？你内心的质朴白人永远不可捉摸，你的圆滑他们到死也不明白。你的灵魂就像林中开垦出的一块稻田，四周的丛林在你头顶盘旋，嫉妒地提防着你。只有不停地劳作才能保持不被入侵。总有一天，你会劳而无功，华夏大地圈定了你。

——《苏伊士之东》第6场

黛西的阿妈（实际上就是黛西的生母）全力撮合黛西和前夫李泰成重归于好。她喜欢物质享受，讲实用而不是感情。李泰成让她把几件象征爱情的珠宝转交给黛西却遭到拒绝，这个女人无法理解为什么女儿不把这些东西卖掉换成现钱。同样，这位阿妈最初也听不出乔治·考威取笑她时的弦外之音，比如：

乔治：（笑着放下报纸）阿妈，今天下午你不像平时爱说话。

阿妈：没啥说的就不说呗。

乔治：你是女性中的佼佼者，阿妈。你的身价胜过珠宝。

阿妈：谈不上是珠宝，也卖不了几个钱。

乔治：实际上，即便再来一次，我也没想给你珠宝。但要是我给了你，我觉得你也不会让人尴尬地卖掉吧！

——《苏伊士之东》第5场

毛姆不时地用阿妈式的粗理来揭露外国人相互矛盾的期盼。比如剧中的丫鬟，至少曾经受过四五次洗礼，因为她父亲说成为基督徒是让白人高看自己的关键。然而，不同教派的人并没有祝贺她的皈依，只是说信奉本派教义就能踏上去天堂的路。于是，她意识到唯一理智的选择是把自己的命运和他们拴在一起。我们可以推断，她没有沿循中国的传统习惯，认为接受宗教信仰是一种调和，而只是在算计怎样去讨好比自己社会地位高的人。

把种族问题和偏见置于该剧之首，让人不禁觉得毛姆自己的立场也在摇摆不定。既然他想让观众接受剧中人物的偏见，他也就应该邀请批评家仔细审查自己对中国的描述，更不用提黛西身为混血儿的窘境了。在该剧中，毛姆试图通过阿妈的对话来模仿中国人的语言模式，让她发不清英语中“r”和“l”的音，这让21世纪的读者感到惊讶。人们不禁纳闷早期的观众听到她说话，会不会像听到圣人偶尔讲句调皮话那样好笑，抑或是嘲笑她是个古怪而丑陋的老太婆。我们要清楚的是，那个年代舞台上的亚洲黄种人角色都是由白人演员戴上面具扮演的。在《苏伊士之东》首轮演出的时候，扮演阿妈的玛丽·奥特是一位来自英国西北部的演员。要是她使出浑身解数扮演的女性人物和爱管闲事的婆婆还算过得去，这在当时肯定很滑稽，其形象甚至很怪异。

另一个典型的败笔是对烟草公司的当地雇员巴结其老板的描写。通过用诸如“主人”这样的话，作者让剧中的人物说话时带着印度人的语调。这是毛姆在弄巧成拙，还是英国人把所有的亚洲人都给搅在了一起，因此认为他们说着同样的话，让其口中所言和英语一样在自己的故土显得怪异？

就毛姆对黛西这个角色的驾驭而言，也是让人觉得有点不到位。人们看不出她在这场三角恋中有何幸福可言，由于无法与乔治私奔，她便吞下了阿妈的鸦片。大幕随之落下，结果让人不得而知。在这之前，她恳求自己的心上人接受自己，不在乎他的条件如何，不在意自己付出多少。在关着门的房间里她乞求说：

要是你觉得不娶我好，那你就不用娶我。我一点儿也不在乎。我就当你的情人，藏在你家，这样也没人知道我在这里。我会像一个中国女人那样活着，我想离开所有的欧洲人。说到底，中国是我的出生地，是我母亲的故土。中国在呼唤我，我讨厌这些外国人的衣服，我有种怪念头，就是穿舒适的中国衣服，你还从没有见过我穿中国衣服吧？

——《苏伊士之东》第7场

这番话里的寓意同样模棱两可让人感到不舒服。毛姆是在抨击中国传统对女人的束缚和形成女人主观意志的这种文化吗？他的目的是批评外国人和他们强加在中国女人身上的东方式屈从吗？换句话说，黛西意识到她最终无能为力，作为一个屈辱的第三者，只能是委曲求全了吗？抑或是说她这样贬低自己是为了唤起情人内心压抑的殖民本能吗？在把剧本读了好几遍后，这些选择都使我的良心不安。同样的忧虑早就有人在首次看此剧时说出来，这个人就是英国顶级戏剧批评家詹姆斯·阿戈特（1877—1947），阿戈特说，一个令人遗憾的事实是：

毛姆创作了一部极不诚实的剧本……我担心他意识到英国男人和欧亚混血女人之间的矛盾根源还是英国的道德模式。但他的剧本显示出他不信任自己的方法，他知道自己不明说这样结合的结果是在墨守成规。

——《周六书评》，1922年9月9日，第374—375页

和剧中刻画的人物一样，该剧也无法超越时代和地点的局限。

我自己在斟酌以后，合上剧本，去图书馆借本韩素音的回忆录。至少对她来说，中欧混血的身份让她对自我的了解胜过一个文学剧本。在自身接受世界大同主义的过程中，韩素音甩掉了让人生厌的欧亚悲催女性的外衣，用英文创作了有关现代中国的散文，其作品寓意深刻，让人有身临其境之感。我知道在西方世界（至少在法国以外）我在此事上的见解微不足道，但却值得以后去研究。

如果说《苏伊士之东》充斥着病态的物欲和彻头彻尾的种族狭隘心理，那么《在中国屏风上》同样的主题则被放大了。这些零碎的短文是一种游记素描，加上对风景的散文描述，勾勒出一幅幅那些想在中国安家的外国人画像。在诸如对长城、长江、乡村旅馆的日出和苦力等章节的描写中，他对外交家、传教士、轮船驾驶员和商人的描述非常简洁。这些外国人表面显示出的文雅常常只是个面具，当然也有一些让人过目不忘的人物，如亨德森和崇尚进步的作家罗素。前者曾说他第一次到上海的时候，看到当地人用黄包车拉着外国人满街跑，如果车夫错过了拐弯的地方，他会毫不犹豫地踢车夫，还会用最难听的话骂人（见《亨德森》一文）。这句话意味着在当时的环境里，众多的人口和廉价的劳动力让他清楚地认识到人生的价值是多么卑微。同样，传教士温格罗夫夫妇则显示出一种虔诚的自我牺牲，这对夫妇在中国住了 17 年，一直放弃回英国休假的权利（见《恐惧》一文）。后来人们发现这对夫妇意识到他们所在的城镇乡亲不接受基督教信仰，他们表面上对人类的同情和对生活的爱就荡然无存了。

毛姆也努力用最接近魔幻现实主义的手法来演绎他道听途说来的故事（见《大班》一文）：经过十几年的苦苦奋斗、爬上英国一家公司在上海分公司的高层后，一位中年单身汉意识到自己胜过了同时代的大多数人，现在的日子就是没完没了地吃喝玩乐。他忽然对所有与中国有关的东西有一种说不出的反感，更让他烦恼的是每当他经过墓地都会听见有人在掘墓，但却从未听说近来有人死去。沮丧之余，他写了封辞职信，渴望能尽快回到英国。但信还没有寄出去，写信的人就一头倒地死了，我们知道他理所当然地成了那块神秘墓地的主人。

毛姆对其他人物的处理显得更加模棱两可，让读者不知道该憎恨还是同情。麦克利斯特医生很久以前随传教士来中国，但他却放弃了自己的人道主义事业，一头扎进了“商业圈”。在那个未被提到名字的城市里，他经营着一家豪华旅馆，给当地的外国人零售进口商品。当他在毛姆面前晃动着他年轻时的照片时，毛姆却一下子无法认出照片上的帅小伙就是眼下这个肥胖而饶舌的医生，毛姆的评论是：

麦克利斯特医生接着往下说，但我没有注意他在说什么。我感兴趣的是，他是怎样从那个年轻人一步一步走到我现在认识的这个人的。这就是我想要写的故事。

根据传教士格里斯·塞韦斯的回忆录，毛姆笔下的麦克利斯特影射的是麦克特尼医生，是重庆一位非常有地位的人。好像是因为毛姆的名气很大，人们实际上都想排着队等着见他，觉得与大作家见一面也可以提高自己的地位。我们可以猜想这些被文豪接见的人没有想到自己的话会被作家有选择地用来讽刺他们自己。

书中的其他人物，如那位年过古稀的活泼老头（见《老人》一文）和那位善交际的领事鲍勃·韦布（见《正常的人》一文）在中国就待得很舒适。人们不会怀疑他们计较作家在书中对自己的描写。他们两人都和自己的家人很疏远，并且认为长期旅居在一个遥远的国家使得他们和家人缺少共同点。要是回到自己的故土反而会有种文化冲击，所以他们命中注定哪里有家就在哪里过一种流放式的生活。

文学评论家习惯说《在中国屏风上》的描写不实在，只不过是一个没有完成的长篇试笔。书中对在中国的英国人的诅咒处理屡见不鲜。由于毛姆到中国是旅行，没有待下来的义务，所以他和自己笔下的好多人物不同，显然他也就不会面临和他们一样的艰辛和挑战。

说真的，毛姆的中国之旅所走过的地方都是轻车熟路。他的同行游记作家伊莎贝拉·伯德（1831—1904）就曾掀起过游览长江的热潮，她在年过花甲后曾穿越中国的内陆。对毛姆后来的殖民评论文章，她的言辞就像是个不祥的预兆。伯德说中国的大城市有可能成为下一个英国贸易的“影响力中心”。加大对这些地方的商业开发会给旅游业带来新的机遇。在中国的英国人也许不会把自己当作“那种身在外国的英国人”，但不管怎么说，他仍是一个在半殖民地的英国人。

第四章

毛姆与中国（下）

整天我都在船上顺流而下。就是沿这条河，张骞曾逆流而上去寻找其源头。航行多日到一地，见女子织锦，男人役牛。他问这是什么地方，女子把她的梭子给他，并告诉他回去把梭子让筮师严君平一看便知。他照做了，筮师马上认出此乃织女之物，还说在张骞拿到梭子的那一天和那一刻，他注意到有客星犯牛郎星和织女星。是故，张骞知道自己是到了银河的深处……

这时，我突然感到，面前茫然触动我心扉的就是我寻找的浪漫。此感有别于它，乃艺术引发之激情，但此生我说不清，也道不明，缘何会有这样的奇感。

——毛姆著，《在中国屏风上》中《浪漫》一文，1922 年显而易见，世事可怜，此女来中国是为嫁人。然而更悲催的是通商口岸的所有单身汉对此心知肚明。她身材高大，体型欠雅，手大脚大鼻子大。她的五官确实大矣，但那双蓝眼睛倒是美目盼兮。或许对此她亦有点儿过分在意。而立之年的她金发碧眼，白天穿上得体的靴子、短裙，戴上宽边帽，还是蛮有风韵的。但到了晚上，当她为了衬托自己的蓝眼睛，穿上不知哪个土裁缝照着时装图为她剪裁的蓝色丝绸连衣裙，试图展现自己的妩媚时，却让人觉得大煞风景。她对所有的单身男人百依百顺。当有人谈起打猎时，她显得兴致勃勃；当有人说起运输茶叶时，她也听得很入迷。当人们谈论下周的赛马时，她像个小姑娘一样拍巴掌。她死缠着一位年轻的美国人跳舞，让人家答应带她去看棒球赛。但实际上跳舞并非她的唯一爱好（再好的事久了也会腻味），当她和一家大公司的代办——一个单身老男人在一起时，她就只喜欢打高尔夫了。她乐意让一个在战争中失去了一条腿的小伙子教她打台球，同时也把活泛的心思花在那个和她谈论银子的银行经理身上。她对中国人兴趣不大，因为这个话题在她厮混的圈子里不吃香。但作为一个女人，她会情不自禁地为中国女人的遭遇鸣不平。

“大家知道，她们对自己的婚姻大事说不上话，”她解释道，“一切都是媒妁之言，男人在婚前甚至没见过姑娘的面，诸如浪漫等情怀无从谈起。至于爱情……”

她说不下去了。她本性善良至极，对那些单身汉而言，不论老少，她都会是一位贤妻，而她对此比谁都清楚。

——毛姆著，《在中国屏风上》中《最后的机会》一文，1922 年

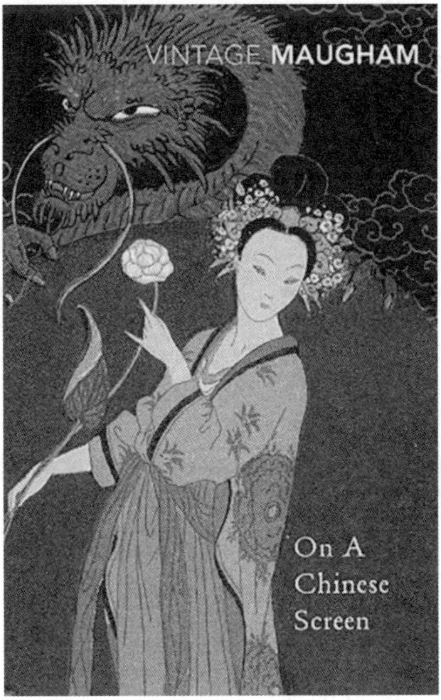

图5　毛姆《在中国屏风上》英文版

1920 年冬，在沿长江旅行时，毛姆迷上了一个地方，那儿的古老与神奇交织在一起，密不可分 。他第二次去印度的时候经过四川的这个地方，据说就在那儿，博望侯张骞乘槎泛舟，不知不觉地走出了地球，来到了把牛郎和织女隔开的银河。

牛郎和织女夫妻当时在天空的位置就是西方天文学家眼中的牛郎星和织女星所在的区域。毛姆对此逸事完全可以不屑一顾，这可能是向导或翻译讲给他的。但他并没有这样，而是离开众人回到船舱，独自沉思这个神秘的故事。夜气袭胸，作者的脑海里闪现出的是世界上自己游历过的地方。在这些地方，“强烈的浪漫气息”让人陶醉。再次走出舱门，物是人非，心境全无。他独立舟头，“就像一个把蝴蝶撕碎，要找出它美在何处的人”。

在《在中国屏风上》这本毛姆有关中国的微型散文集里面，类似这种纯净、如过往烟云的宁静瞬间颇多。对于作者而言，有些地方体现的是灵魂的升华，其硕果乃文学作品。这在犹太基督教文化中被称为“灵地”，这里人的物质世界和精神世界仿佛贴得很近，合二为一，给人一种超自然的顿悟。毛姆的高度认识富有浪漫气息，在本质上和宗教不同。其笔端带有一种忧郁的回潮，正如《最后的机会》一文所示，当说到外国侨民不得不玩婚姻游戏时，作者的心情跌到了谷底。与牛郎和织女那纯洁的神话恋情相比，这位可怜的女同胞沉湎于自娱，徒想钓到一位理想的外国人为夫。她的举止甚至没有莎士比亚笔下“黑美人”的朴实魅力。莎翁的描述是：

> 我也承认，我的情人举手投足之间，
> 没一点儿让我想起天仙下凡。
>
> ——莎士比亚十四行诗第 130 首

我在前面的文章里谈到过毛姆在短篇故事和《苏伊士之东》中对中国人和外国人的描述。我认为在抨击这些在异国他乡定居者的心胸狭隘和装腔作势时，毛姆的主要武器是冷嘲热讽。但从另一方面讲，他对当地中国人的处理也是有问题的，因为人们不清楚他是在延续流行的东方种族原型，还是在狡猾地重构他们。他先前剧作中的瑕疵在《华丽的面纱》中依然如旧，当然这部小说也不是他最好的作品。在这部作品里，他重复了《苏伊士之东》中的三角恋情节，不过是加了些《在中国屏风上》的猛料而已。通过对这部小说和更多散文的通读，本节将致力于解析毛姆如何在自己的作品里把传统文化元素与哲学糅合在一起，以及这对他的英伦创作风格有何影响。

从本质上讲，《华丽的面纱》是一个有关感情错位和复仇的故事，小说的结局完全出人意料。小说曾三次被改编为电影，每一次改编都明显有其时代特征。最早的一部电影（1934年）主演是葛丽泰·嘉宝（Greta Garbo），影片上映时距民国时代的结束还有几年时间，其中富有东方奇景的色彩。银幕上的两位恋人在一座庙前约会，庙里盛大的舞龙仪式和烟火效果很是到位。但毛姆本人曾错失机会没有看到舞龙，他也不善于赶时髦用文字来描述画面。“二战”后的重拍（1957年）似乎更加谨慎，对两位有私情的主人公的塑造比原作更加苛刻。出现这种道德意识上的约束是因为当时的政治环境发生了变化。第三次改编是在2006年，填补了毛姆作品中的许多不足和空白，至于影片是否有那么点超越了原作还是有争议的。

《华丽的面纱》铺设直白，将近而立之年的姬蒂·贾斯丁，迫于在社会上摸爬滚打的母亲的压力，加之羞于妹妹已有了未婚夫，不得不接受了细菌学家沃特·费恩的求婚。虽然她无心于丈夫的爱，但还是陪他到香港来履职。在香港，她和风流成性的副领事查理·唐森（Charlie Townsend）闹出了婚外恋。沃特知道后，他给她的最后通牒是要么离婚嫁给已有家室的唐森，要么随他处置。而她太天真，从未想到自己的情人怕个人仕途毁于流言蜚语，不久就抛弃了她。她得到的“惩罚”是跟着沃特去了内陆偏远的梅德福镇，那里霍乱流行，她丈夫受命前去救助。

事后想来，可悲的姬蒂似乎和《在中国屏风上》中《最后的机会》一文中那位剩女的故事如出一辙。毛姆描写的是当时比较普遍的老处女现象，作家E.M.福斯特在《印度之旅》（1924年）中也有同样的描写。他在文中描述了上了年纪的穆尔太太带着阿德拉·奎斯提德到印度去，就是为了看看阿德拉能否在当地婚配。当年英国中产阶级流行的一句话就是“嫁不了英国的，就嫁香港的”。就姬蒂本人来说，她很清楚那儿的男人都是二流货，要是在伦敦，她社交中来往的男人永远也不会受邀参加她母亲的晚会。

更为切实的是，以前发表的短篇小说集的味道在这部小说里也颇为浓郁。一本《在中国屏风上》在手，读来就如同是在看对中国有兴趣的外国人所写的地方志。困在霍乱流行的地方，与姬蒂来往的外国朋友只有不多几个：几个法国天主教修道院的修女和一个古怪的英国领事。毛姆先生赞扬过天主教修女们的坚韧（见《在中国屏风上》中《陌生人》一文），她们和自己的同行基督教新教传教士不同，常年安家在中国内地城市，而不是在酷暑到来时就躲进凉爽的山里。基督教新教鼓励传教士多生儿育女，这样孩子的需求也就成了他们过几年回欧洲休假的理由之一（见《在中国屏风上》中《上帝的仆人》和《恐惧》）。而天主教传教士信奉独身，其一生有可能再无踏上故土的机会。毛姆描绘的法国院长嬷嬷（见《在中国屏风上》中《修女》一文），就是放弃了在比利牛斯的舒适生活来到了中国。显而易见，梅德福镇出身高贵的修道院院长就带有这位法国院长嬷嬷的影子。

这些修女意志坚定，甚至宁愿面对霍乱带来的死亡，也不愿意放弃自己的传教使命。毛姆对她们的观察很仔细，通过一位修女的话，他注意到修道院孤儿院里做针线活的女孩子基本上都是被人遗弃的。家里人遗弃她们是因为养不起，或者就因为她们是女孩子。她们在这里接受教育，信奉天主教，法语和汉语说得一样流利。

这种介入可以被解释为是一种殖民行为，因为这些遭遗弃的孩子被灌输的是外国人带到中国来的价值观。《华丽的面纱》制作人在2006年的重拍中则把这演绎得更细致。当姬蒂·贾斯丁在家里的餐桌上赞扬修女们无私的纯洁精神时，沃特的反应显得很激烈。他指责修女是在把“这些孤儿培养为小天主教徒”，其言外之意是说，孤儿对获救的感恩最终将会转化为对上帝仁爱的感恩。毛姆的批评从不这样直截了当，在他的作品中充斥着微妙的旁敲侧击，草草读之则浑然不觉。电影是一种完全不同的媒介，为了让观众参透，必须选择更大胆的视觉冲击。

回到《华丽的面纱》，姬蒂不喜欢在中国生活，但这并不妨碍她协助修女们做人道主义工作。和这些行善的人相反，维廷顿先生则是一副冷漠的神态。虽然他不失同情心，但却刻意在自己的官位上不越雷池，装着谙熟中国传统文化，他给姬蒂解释“道”就是：

道乃道行，是众生永恒之道，但道非人为，自身为道。道是有，道是无。道演化万物，万物遵循道，最终归于道……道法是无欲无求，顺其自然。

——《华丽的面纱》第64章

说完这番话后是一阵自贬式的干笑，他的话虽然语意含混，但“在喝了半打威士忌酒看星星时”倒也说得过去。尽管如此，如果说这番话的确代表他的个人信条，就似乎可以解释这个怪人为什么会在一个相对与世隔绝的地方存活了这么久。通过保持一定的距离，他学会了从不失望，也不动怒。在这一点上，他不像《华丽的面纱》和《在中国屏风上》中描写的外国人一样。即便是在小说写到悲情的高峰，就是费恩医生在刚刚身怀六甲的妻子姬蒂达到了互信互爱时突然因染上了霍乱死亡，他都没有被这份悲伤击倒。

不知毛姆有没有意识到，他手头就有密码，可以解读为什么除了维廷顿，大多数外国人都努力想在中国有一种家的感觉。在乡下的一个午后，毛姆精心研读翟理斯翻译的《庄子》，遗憾于感到思想不受启发反受其扰：

……他的书是好读物，尤其适合在雨天闲读，常让人不经意间有所触动，遐思万千。然眼下的想法犹如涨潮时拍岸的波浪，缓缓浸入人的意识，使人抵御古代庄子的思想。尽管你欲悠闲，但还是坐在了桌前……驾轻就熟，下笔如行云流水。活着真好！

——毛姆著，《在中国屏风上》中《雨》一文，1922 年

再往前 30 年，当《庄子》刚被译为英文时，奥斯卡·王尔德就提醒人们，此书中的哲学思想将会给英国社会带来冲击波。这位古代哲人强调的是“无为而治，顺应自然。”其思想与当今政客和说教者的理念背道而驰。他写道：

显然，庄子是个危险分子，在他离世两千年后用英文出版其作品乃不成熟之举，可能会给很多享有名望和勤奋刻苦的人带来痛苦。修身养性也许真的是庄子的人生目的，是其哲学体系的根基，也是我们这个时代的理想所需。当今世界，大多数人过于热衷教化他人，实际上无暇修身。但这样讲是

否明智呢？在我看来，要是我们一旦承认庄子颠覆性观点的力量，我们便早该审视一下我们自命不凡的国民习性了。人一旦做了蠢事，唯一的慰藉便是对此事的自吹自擂。

——奥斯卡·王尔德著，《中国圣贤庄子》

身为爱尔兰人的奥斯卡·王尔德总是拿英国文化开玩笑。英国人的天性是能看到其他民族的短处，满脑子的帝国霸权思想。尽管毛姆本人与英国的统治阶级走得很近，但他流露出自己喜欢这样的批评。《在中国屏风上》所显示的主要技巧用一句老话来说，就是“多行不义必自毙”。殖民者过分专心于教化别人，但却全然忽视了自身的毛病，使其膨胀得可怕。梅德福镇的修女们内心有种自我满足感，因为她们清楚修道院是自己徒手建起来的，几乎不需要捐款。2006年版的电影制片人觉得沃特·费恩应当展现出原作人物的自负形象。例如，因为他把神奇的西药带来，当地人却没有任何表示，他就责备他们缺少感恩。但他却一直没有意识到自己正在践踏他们根深蒂固的信念，甚至是在给当地人灌输恐惧。如为了水源不被污染让人家迁祖坟，要人们放弃传统的停灵祭奠，甚至让全副武装的国民党士兵强迫人们立即埋葬死人。

除此之外，《庄子》给人的启发和毛姆如此接近，但他却没有充分认识到这就是能让自己走出殖民怪圈的利器。毛姆笔下有关中国最有趣的一篇文章是《哲学家》，文中的对象是文弱但口出狂言的辜鸿铭，辜当时住在成都一处小屋里。毛姆只是听说过他的名气，要是毛姆先前知道辜鸿铭对他的讥讽，他就不会那么急着和辜鸿铭见面了。几乎从一开始，辜鸿铭就认为来访的毛姆不过是文坛的一个暴发户，而他则是高贵的儒家学派的最后代表。他的观点令人印象深刻：“当你们还在居山洞、穿兽皮时，我们就已经是文明开化的民族了。”这句恶言预示着后边的话更厉害。在情绪最为激动时，他发表了这样的言论：

> 当黄种人也可以造出跟白人同样精良的枪炮并射击得同样准确时，那你们的优势何在？你们求助于机关枪，可最终你们将在枪口下接受审判。
>
> ——毛姆著，《在中国屏风上》中《哲学家》一文，1922 年

中国对《在中国屏风上》的批评文章不多，其中一篇是宋淇（Stephen C. Soong）写的。他对毛姆的指责比较温和，说尊称辜先生这样一位令很多中国人觉得尴尬的清朝的孝子贤孙为“哲学家”时应当谨慎一些（见宋淇著《我的父亲与毛姆》）。我相信毛姆用这个尊称部分原因是为了掩饰自己的难堪，让人们觉得他并非是整个大英帝国的替罪羊。在英国，称人为“哲学家”有时候是一种挖苦的恭维。被冠以该头衔意味着这个人的思维过于抽象，难以在当今世界苟活。或者是说此人虽然相信不切实际的空话，但却有一定的独到见解。

过了近一个世纪后，辜鸿铭当时的预言得到了验证。中国

向西方学习，在全球的力量稳固崛起——但却不是像辜鸿铭想的那样是在军事上，而是在较容易的较低成本制造和出口商品的能力上。比如说，中国不再需要当年沃特·费恩进口的药物，因为就西药来讲，中国一直在强调自己的传统医学。这些成就并不是靠恢复辜鸿铭梦想中的大清朝旧体制，从这一点上讲，老先生保留辫子是落伍了。

说到底，人们会注意到毛姆和辜大师之间有奇异的相似之处。辜鸿铭盲目效忠大清，对其弊病视而不见，以致牺牲了自己作为一个学者的声誉，留给自己的是一个凄惨的晚年。而毛姆则是毫不留情地痛斥自己的同胞，以致永远也不清楚自己的位置。他无法成为道德权威的化身，因为他不过是这块人人为家的土地上的一个过客。另外，他对中国文化的接触和驾驭都是很肤浅的，所以他只能退而求其次，用一种机智的尝试方法，揭露自己同胞扭曲的自我观念。只要看一看他对辜鸿铭警告的反应，我们就可以看出毛姆思想上的困惑。在《苏伊士之东》中，毛姆借博学但却借可憎的李泰成之口，一字一句地说出了自己对英国殖民主义的观点。说到底，像他那样的英国人无力反击辜鸿铭的抨击，只能堕落到在文字上恶搞其观点，还要为自己的这点小聪明沾沾自喜。但在我看来，这不过是显示出他的狂妄自大。

图6　辜鸿铭

第五章

伯特兰·罗素与《中国问题》（上）

在梦中，我的卧室化作成巨大的悬崖峭壁上的一个巨大山洞。在山洞的中间，我睡在床上。在我的四周，层层叠叠，同样安睡着无数的隐士。旁边的房间也化作成峭壁上一个相似的山洞，和我的相通，里面也挤满了隐士，但却全醒着。他们对我们有敌意，很可能过来置睡眠中的我们于死地。但我在睡眠中对同样睡着的隐士们说："隐士兄弟们，我用眠语同你们说话，这种语言只有睡眠中的人会说，也只有睡眠中的人能听懂或理解。在睡眠之乡，风景如画，乐声动听，有在残酷的日照下不敢生存的美、意识和思维等。勿从睡眠中醒来，勿效仿他人苟活之法。因为要是你赢了，就和他人一样，败给了美，败给了美景，败给了尘世中所有被残酷毁掉了的现实。故安睡吧，我会用眠语给你们灌输比成功、战争、苦苦奋斗和贬值的一切物质更美好的东西。用我们的魔力，让其他的隐士也一个接一个地安睡，为他们灌输一个更光明的前景，教会他们爱这个温柔之乡胜过死亡、争斗和努力的世界。渐渐地，我们将为世界奉献新的美和新的成就。人之梦将引领人们沿着芳草地和闪光的溪流穿越漫长的白天，到达繁星之国。星光穿过树枝，树下的人温馨、热情、可爱。四周一片辉煌，人迹罕至的白色山峰让天空显得更加湛蓝。神秘的大海，气势磅礴的风暴犹如一个在波光粼粼的安逸中嬉戏的孩子。”

身处此景，人类将忘掉烦忧，沐浴在幸福之中。痛苦将从这个残忍的世界隐身而退，人类将渐渐认识本该属于自己的美。

——《罗素传》

伯特兰·罗素差点死在中国，这千真万确。1921年3月20日，他躺在北京一家德国人的医院里，急性肺炎使他神志不清，几乎昏迷不醒。他的思绪千回百转，要不是美国洛克菲勒研究所（罗素曾因处方药的事情谴责过该机构）在当地的分部恰好有血清，医生有关他会死的预言早就成真的了。虽然他一点也想不起都做了什么，但上面的这段话的确是这位哲学家口述的。康复之后，他把这段话抄下来，装进信封，寄给了奥托琳·莫雷尔女士[1]，让她在英国的朋友中传阅。他并没有说自己对此梦的感受，最终也没有在自己的传记中收进与朋友的信件往来。莫不是出于后见之明，让这位著名的无神论者因为一次幻觉上的精神超越而觉得尴尬？换句话说，难道是无意识心理活动映射出的平淡现实让他觉得难堪？在身体未垮前，他一直在满怀信心地探讨让中国国泰民安的良策。和安抚那些梦中潜在的浮躁隐士相比，这的确是真正的难题。然而更有可能的是，此梦中的景象不过是件鸡毛蒜皮的小事，像这种事在他近百年的人生中不计其数，因而作者将其筛选出去。

在这场险些要命的病之外，中国在拥抱罗素，罗素也在拥抱中国。事实上他在燕京大学讲学的岁月让他在学术上更有影响。直到1962年，周恩来还曾亲自写信给90多岁的罗素，请其代表英国介入中印边界的争端调停。由于印度政府和中国的想法一样，也提出了同样的建议，这位年长的和平战士意识到，自己偏袒任何一方的干预都将不利于世界和平，也不能终止核武器的扩散。40年前，原子弹依旧还像是科幻小说里的玩意儿，广岛和长崎这两个地名在传教士和贸易边远地区的西方人中也只是有所耳闻。在罗素看来，20世纪20年代的中国具有亘古不变的特征。他非常谨慎，以免对中国当下政治和经济状况的评论会直接导致中国的变化。他说：

① 奥托琳·莫雷尔（Ottoline Morrell）是一位风流的贵妇，被认为是劳伦斯作品中查特莱夫人的原型。

中华民族是最富忍耐力的，当其他的民族只顾及到数十年的近忧之时，中国则已想到几个世纪之后的远虑。它坚不可摧，经得起等待。

——伯特兰·罗素著，《中国问题》，第1章

图7　罗素与《中国问题》

在这种情况之下，他的上上策则是和中国年轻的思想家，特别是和“五四”那一代精英打成一片，并把自己的心得发回国内。在英国，像往昔一样，他是左派人士所尊敬的代言人。

伯特兰·罗素的粉丝（全球现在依然很多）认为他对远东的评论，即草成的《中国问题》（1922年出版）对中国的认识不但全面，而且别具一格。该书的章名就显示出了他所使用的判断方法，

各章标题具体如下：

第 一 章　中国的种种问题

第 二 章　19世纪以前的中国

第 三 章　中国与西方各国

第 四 章　现代中国

第 五 章　明治维新前的日本

第 六 章　现代日本

第 七 章　1914年之前的日本与中国

第 八 章　“大战”中的日本与中国

第 九 章　华盛顿会议

第 十 章　远东当前的各种势力与发展趋势

第十一章　中西文明的对比

第十二章　中国人的性格

第十三章　中国的高等教育

第十四章　中国的工业化

第十五章　中国的前途

和其他相同题材的著作，如亚瑟·兰瑟姆（Arthur Ransome）的《国民革命外纪》（*The Chinese Puzzle*）一样，《中国问题》的最大优点在于其恰逢其时。该书出版的时候，“华盛顿会议”刚刚决定让日本把山东还给中国，而英国则被迫提前把威海港交还中国。书中的大部分章节涉及中国思想的历史和特点以及中日关系背景，对于那些对中国知之不多或是一无所知的英文读者来说大有裨益。

中国与其邻居东瀛岛国几百年来的争斗形式繁多，从未真正地停止过。本文不涉及这个已经过分“白热化”的问题。我的目的是重新评价罗素对一个国家本土文化的看法，特别是那些影响社会发展的传统因素。距离这位哲学家在远东与死神擦肩而过已经过去了90多年，但人们还是要问，在这个中国梦的时代依旧存在“中国问题”吗？另外，认清问题后，如何妥善解决？

伯特兰·罗素看到了社会转型太快和太大的陷阱和矛盾。虽然他主张人道与和平，但却还没有想好中国的剧烈“短痛”是否比长远利益更有价值。中国的民主革命早在推翻清王朝的十几年前就开始了，然而现在的中央政府依旧软弱，要依靠军阀的支持。而这些军阀又各持己见，实际掌控着地方大权。这一切都让中国比苏联落后了一步。中国不是因为战争而发展缓慢，而是因为工业基础薄弱。中国首先要实现现代化，然后才能制定自己的民主模式，决定本国的外交方针是走军事路线还是搞合作外交。在《中国问题》的第四章，他的分析是：

中国的工业处于初创阶段，和别的国家一样，这是一个不择手段和残酷的阶段。知识分子希望有人能告诉他们让中国成为工业国的方法，而这个方法又不那么残酷，但目前还没有任何两全其美的方法。

——伯特兰·罗素著，《中国问题》第四章

罗素的精辟分析使人联想到马克思和恩格斯言论中有关工业资本主义的诞生。更神奇的是他的先见之明，因为他似乎预见到，中华民国让人们开始觉醒，最终带来共产党的崛起。

首先，让我们来看一下伯特兰·罗素的分析。在《中国问题》的第二章中，伯特兰·罗素总结了中国社会的三大特点。他认为理解这个国家现状的关键，一是中国的文字由表意符号构成，而不是用字母；二是在受教育的阶层中孔子的伦理学说代替了宗教；三是政府掌握在由科举制度选拔出来的文人学士而非世袭贵族手中。我将以他的这三点为楔子，进入对现状的重新认识，从适当的角度在后面加以仔细分析。

有关中国语言的实质和作用，伯特兰·罗素所言毫无新意。他本人在汉语上是个“文盲”，故其所言乃是鹦鹉学舌，即普通的西方人觉得汉语特别复杂，需要认识几千个字，而不仅仅是26个字母：

由于学习汉字需要很长时间才能会读会写，所以初等教育不易普及，成为实行民主的障碍。就这一点而讲，文字改革的理由就很充足了，更何况还有其他理由。所以从实际应用的角度来讲，拼音文字改革应该得到支持。

——伯特兰·罗素著，《中国问题》

罗素注意到了汉语口语和书面语的差异，认为汉语的书面语是民族凝聚力的重要工具，而各地众多的方言让人们口头上的沟通颇有难度。他几乎没有谈到当时的“文言”与“白话”之争，在这方面他的表态极为谨慎。毫无疑问，在罗素的中国之行期间，其得力翻译赵元任的说服，让他觉得文字有改革的需要。一有机会，赵元任就以有趣的方式提醒自己的“雇主”汉语口语和书面语的差异。有一次，赵在罗素的书房里看到了一张英文报纸，上面的标题是“当下中国的肇乱”。看到自家的姓被印在上面，这位年轻人便开始打趣了，说：“当然了，眼下中国的‘肇乱’都怪吾辈先祖。”

也就是大约在那时，赵元任曾去美国录制第一张“标准汉语”唱片，目的是为了给外国人教汉语。后来不久，他就和自己的同伴林语堂发明了“国语罗马字”(Gwoyeu Romatzyh)，把汉字按发音演绎为罗马字母。但林语堂的研究转向了与赵元任不同的方向。通过自己发明的“明快打字机”，林语堂在寻找一种能像秘书那样有效的汉字书写方式。后来证明，他的这项事业既费时又费钱，但却有力地提醒我们世界在怎样的发展。随着数字化时代的到来，像他这样的任何灵巧发明都落伍了。现在只要把拼音输到电脑或智能手机里，剩下的就是从给出的字表里选字了，另外还可以用手写用笔书写。就识字来说，中国将来真正的问题在于有了那么多省力的工具后，人们心平气和地写字和记住笔画的能力就退步了。人们不禁诧异，随着书法艺术越来越晦涩难解，现在市场上火爆的那些名家书法是否会依然流行。

从心理上讲，伯特兰·罗素对汉字系统的偏见映射出的是他从英国到中国后的个人焦虑。在英国他被誉为是有创意的思想家，但在中国即便是受过小学教育的人，其运用汉字的功夫也比他强得多。有趣的是，在本文开始提到的梦中，他对隐士讲的是“眠语”，但却没有说那到底是何语言（英语、汉语或其他什么语言？），其作用无非是为了消除沟通上的障碍。从他想费力地割舍儒家思想的某些学说，我更清楚地看到了他的个人处境。虽然他是个有爵位的贵族（暂且不管他喜欢不喜欢这个头衔），很在意自己的血统，但这位哲学家却不保守。正如晚年在电视节目采访中爆料的那样，他在中国时，他就让多拉·布兰克（Dora Black）怀上了他的孩子，但从法律上说那时多拉还不是他的妻子，因为他与艾丽丝·皮尔莎·斯密斯（Alys Pearsall Smith）的婚姻关系还未解除。他的生活选择有悖于儒家的婚姻与孝道学说。

在将此事扯远以前，罗素有关儒家思想的一些观点值得回味，他说：

孝道和族权或许是孔子伦理中最大的弱点，孔子伦理与常理相去太远也就在于此。家族意识会削弱人的共同精神，赋予长者过多的权力会导致旧势力的肆虐。当今的中国迫切地需要新眼光、新思维，但儒家的族权观念却处处设障。企图染指中国的人都赞美旧习惯而嘲笑“少年中国”为适合现代需求而做的种种努力……不孝之中最严重的情形就是没有子嗣而断绝了对祖先的祭祀。

——伯特兰·罗素著，《中国问题》第2章

这里，伯特兰·罗素提到了一个从未消失过的老生常谈。孝敬自己的长辈这一准则对于外国人来说不好理解。《圣经》“十戒”的第五戒要犹太人和基督徒“不可对父母不孝”，但在《圣经·新约》中又说“爱父母过于爱我的，不配做我的门徒”。

在这个问题上我理解伯特兰·罗素的困惑。我虽然不是个浪子，但把对父母的孝敬化为崇拜非我秉性。早在20世纪90年代，在看根据谭恩美的小说《喜福会》改编的电影时，其中的一个情节让我感到吃惊。许安梅回忆自己的母亲（由邬君梅扮演），因守寡后嫁给一个已婚男人被逐出了家门，而她在母亲（扮演者为露茜利·宋）临终前为了表达孝心，就“在自己手臂上割了一片肉”，放进了母亲的药汤里。这种可怕的事让我在十三四岁这个年纪联想到的不是自我牺牲，而是吃人。我一直受呵护的经历让我觉得权宜之法当是：老一辈人在自己还不太老、还能动时，为了下一代应该放弃舒适和特权，这样下一代人才能在以后活得更好。

去年，在参观四川省自贡市的“西秦会馆”时，我才明白著名美国传教士明恩溥［英文原名为阿瑟·亨·史密斯（Arthur Henderson Smith）］所说的“年轻人无足轻重”那种老观念不再那么根深蒂固了。“西秦会馆”是清代的陕西商人修建的，在中心大厅两旁的石壁上刻有著名的二十四孝组图。这些故事现在读来犹如神话，即便是那些无法证实的细节亦让人回味，而不像罗素所言是束缚人的法则。今天，做儿女的有谁会像春秋战国时的郯子，不惧猎人之箭，衣鹿皮，入鹿群，取鹿乳供亲呢？又有谁会像庾黔娄那样为了知父疾而“尝粪忧心”呢？所有一切像是童话，而非真人实事。

蔡美儿《虎妈战歌》引起的轰动证明[①]，苛刻的父母和饱受折磨的子女形象在中国比在海外的华人圈更为流行。驻北京的专栏记者特莎·索丽妮（Tessa Thornily）说，在中国待了五年，她还从来没有遇到过有哪个女人为了教育和培养孩子，竭力限制孩子的个人自由。根据在操场的民意调查，她写道：

> 大多数的中国母亲忙于工作，并非威严的虎妈。就孩子而言，越来越多的“小皇帝”认为（理由很充足）全家都是围着他在转。
>
> ——《虎妈在中国是个神话》，《电讯报》
>
> 2012年10月16日

没有兄弟姐妹的独生子女，在她眼中过分受宠，成了名副

---

① 蔡美儿（Amy Chua），美国耶鲁大学华裔教授，出版有《虎妈战歌》（*Battle Hymn of the Tiger Mother*），介绍她如何以中国式教育方法管教两个女儿，虎妈的教育方法轰动了美国教育界，并引起美国关于中美教育方法的大讨论。——译者注

其实的样子货。下课铃一响，离开了老师严厉的目光，孩子便会调皮捣蛋。索丽妮引用多起父母和家中保姆的冲突证明，家长对孩子的纵容越来越厉害。但旁人不在时，这些文化水平一般的阿姨们便会抓住小孩的一条腿，将其悬空在二十六层高楼的阳台上，或者是利用其他类似残酷的方法威胁，把“小皇帝”训练成俯首听话的“臣民”。这种人后的威胁成了今天都市里一种颇具创意的宣泄方式。

一旦离开父母有了自己的家，独生子女一代的日子就更不好过了。成年以后，他们不再是人们唯一娇惯的对象，而是要承担家庭期望的所有重负。婚姻不再是为了传宗接代或者是家族联盟，而是如基督教和罗素所推崇的那样基于爱情，这是一个历史性的转变。今天的年轻人是否完全摆脱了儒家思想的束缚则另当别论。互联网也许已经替代了传统的红娘，人工受孕让不育症夫妇有希望通过人工手段怀孕。对于还没找到属于自己灵魂伴侣的人来说，他们依旧需要忍受基于传统观念的家庭压力带来的苦恼。我们只能猜测每年有多少人“闪婚”，多少人结婚是为了家人的面子，而不是为了个人的感情需求。青岛大学的张北川估计中国有2000万名男同性恋，但其中有80%—90%的人都和女人结了婚。就婚姻来讲，李银河认为目前的离婚率（按照她有争议的计算为27%）表明婚姻生活依旧受人推崇，而草率和有欠考虑的婚姻也比比皆是。

这种结论不用过分担忧，因为伯特兰·罗素接着就承认：

儒家学说除了孝道之外，大都是一些道德规范，有时无异于一本社交礼节书，教人自制、中庸，尤其是谦恭。

——伯特兰·罗素著，《中国问题》第2章

让罗素印象颇深的是，虽然佛教和道教在不同的朝代轮番兴衰，但为社会提供凝聚力的是孔子的学说。儒家学说从未坠入犹太教和基督教那样的缺陷，认为救赎只有一条路可行，其他的都是异端邪说。

呜呼！罗素的后见之明被证实还是颇有预见性的，孔圣人的遗产被不恰当地解读，导致有争议的结果出现。北京师范大学的于丹教授首当其冲，她把《论语》当成了一本“社交礼节书”。她的《论语心得》（2006年出版）被译成了英语，在外国的书店里通常被摆放在“自立”类的书架上。她坚持认为当今社会仍然需要《论语》的智慧，但是她却有选择地使用资料，对孝道的重视在《论语心得》中已经被作为真“君子”的目标所代替。当然“君子”一词在《论语》中从头到尾都在出现，但她却将这演绎成了励志的试金石，失去了文本中固有的学术性。显而易见，她的文章目的在于唱颂歌，但却陷入了“一个人的自信心来自哪里？它来自内心的淡定与坦然”那样的陈词滥调。要澄清的是，我不是暗指她的这本书里有什么不好的东西，而是想说21世纪的“注水版论语”让人分心，使人无法理解儒家学说中固有的思想观念。肯定地说，要是罗素先生还活着并来述说当下，毫无疑问，他不会站在于丹教授的一边。

罗素所说的中国的第三个特征是科举制度——被誉为是儒家学说的土壤孕育的较为积极的一面——但却早在1906年就被废除了。从理论上讲，科举可以制约裙带关系，因为其基础（用不合时宜的话说）是精英管理。然而，现实却是荒诞的，因为科举只不过是在用诸如“八股文”那样的东西来简单地测试学子死搬硬套的能力，而不是看其有无独特的思想。伯特兰·罗素援引李文彬的话说：

没有一种制度比八股考试能更全面、更有效地滞缓一个国家知识上和文学上的发展了。

——李文彬著，《中国历史纲要》，商务印书馆1914年出版

正如他在《中国问题》第8章所言，和这位英国作家个人理想接近的是，由于北京大学和北京师范大学等高等学府的增加，至少可以给中国引进一些西方式的社科和科学元素。他不反对在启蒙教育阶段要像以前那样“死记硬背古典”，但在他看来，扩大招生、设置更多的实用课程，能更好地培养后人。

在那个时代，伯特兰·罗素对五四运动极为赞扬，觉得学生运动可以唤起这个国家的良知。但在今天这个高速发展的社会中，一切都可能只是表面现象。让人不禁感到学生的动机太过功利，只是期望大学毕业后有一份体面的工作，而

没有更为远大的理想。对学生毕业前夕的调查可以证明这一点，“人人网”对1510名即将毕业的“90后”大学生的调查发现，大学生对自己将来的收入期望普遍较高，甚至不现实。41.25%的人期望刚工作每月就能拿到8000—10000元，31.4%的人期望能拿到4000—6000元。而相形之下，上海市人力资源和社会保障局公布，2013年上海人均收入是5036元，北京的数字则为5793元。所以也就出现了期望值高，实际择业价低的现象。调查同时发现，64.7%的人想在一线城市工作，37.3%的人选择二线城市和沿海地区，23.5%的人想回老家，11.8%的人想留在母校所在地。就择业去向而言，29.4%的人想到外企，25.5%的人想进入国企，23.5%的人愿意到私企，7.8%的人想从政。大多数人表示愿意到有潜在风险的外企和私企工作，但情形并不那样乐观。想加入国企和从政的人加起来占33.3%，这就足以说明“铁饭碗”的诱惑依然不小。实际上，从这些相关数据中，我们可以推断，学生们想从传统的入学考试和测验中解脱出来，摆脱较为熟悉和更为“稳定”工作的束缚。

到此也许该打住了。伯特兰·罗素反对儒家学说提倡培养超越公共利益的家族理念。在老辈人看来，通过官方设立的标准化考试仍有其相当的价值，他们仍用这种观念教导年轻人。在这种情况下，随着经济的巨大发展和人民生活前所未有的繁荣，正如罗素当年在燕京大学讲学时说的那样，中国社会正在经历巨变。

第六章

伯特兰·罗素与《中国问题》(下)

古代经典铸就了中华民族，也造就了中国的政体。无论这种政体的质地如何，至少它是经久耐用的。自我保存是个人也是民族的第一法则。一种统治方式如果经过长时间的运用最后仍然适合，这种统治方式就可能被奉为经典。如果某位研究中国历史的学者能够对中国的政体如何形成为今天的样子有清楚的了解并能够成功地予以解释，那就是一桩惊人的发现。从他的发现中，我们肯定会清楚地看到，为什么中国几乎没有经历过其他民族所经常经历的那种政体改革。曾经有一个故事，说的是一位工匠砌一堵石墙，墙有6尺厚，4尺高。问其原因，他回答说，这堵墙若是被风吹倒，反而会更高！中国的政体之所以不能被推翻，就因为它是一个立方体。

它翻倒时，只是换了个面，无论是外表还是内在本质，都与原来的一个样。这种过程的反复出现，使中国人懂得了其结果肯定是像猫用脚走路那样不会改变。于是，人们便开始相信当初设计建造者的天才。任何要求改良的建议都成了十足的异端邪说。结果是，古人毫无疑问地优于后人，后人自愧不如地劣于古人。

——明恩溥著，《中国人的性格》第 14 章

一个复杂如中国的社会机器一定会经常咯咯作响，在巨大的压力下扭曲变形，可中国社会却一直安然无恙，这些压力并没有使中国社会破产、毁灭。中国的政治机体也像人的身体一样，存在大量的润滑液囊，在最需要时、最需要处，往往会及时渗出一滴来，加以润滑。爱好和平的品质使每个中国人都成为有价值的社会分子。他们热爱秩序，尊重法律，甚至在不值得时仍恪守不渝。所有亚洲民族中，中国人是最容易统治的，只要统治方式符合他们的习惯。当然，其他文明，在很多方面或大多数方面，都优于中国。不过，能像中国社会这样承受如此之巨大压力者，大概寥寥无几，其中，最为功不可没者，当数那些和事佬。

——明恩溥著，《中国人的性格》第 22 章

重读伯特兰·罗素诊断中国问题的评价（至少就国内方面来讲），我不得不承认我的结论是很零碎的。毫无疑问，要是把 90 年

前的历史社会研究看作是21世纪无可匹敌的社会改革蓝图，实乃可笑之举。而聆听比罗素更早的明恩溥的言论则让人觉得他更加任性。明恩溥是来自美国康涅狄格州的一位传教士，在“义和团”运动爆发前来到中国，努力想在山东的乡村里做个“当地人”。

回到几十年前，并不意味着我们对晚清战前麻木不仁态度的探索会使自己眼花缭乱。明恩溥在中国语言和文化上的造诣很深，《中国人的性格》正是基于其20年来的第一手资料编写而成。在1931年赛珍珠（Pearl S. Buck）出版《大地》（此书后来获得了诺贝尔文学奖）之前，明恩溥的这部作品一直是当时用英文介绍中国作品中最流行的一本书。虽然其中难免有歧义，但却是到中国来的传教士和商人了解中国的入门书。他的过人之处在于对中国人性格各方面的细致描述和推断，这在学养不够的人看来是在谴责中国。书中的部分章节标题如下：“漠视时间”“拐弯抹角”“顺而不从”“思绪含混”“不紧不慢”“缺乏同情”和“相互猜疑”等。鲁迅认为外国人应当将明恩溥的话视作是中肯正确，认为其没有太多的主观臆想。他认为中国人也应该读他的书，从而通过这位被逐出国门的同情者的思想，反省自己被灌输的文化。

我前面的观察强调的是，在罗素那个时代，中国人心里长期以来根深蒂固的古典智慧化作了另外一种形式。现在我要拓宽思路，探索一些更发人深省的问题。我会把伯特兰·罗素对中国文明（相对于西方文明）的阐述孤立来看，从而探讨其言辞在“全球化”和“中国梦”的时代是否依旧站得住脚。现在中国面临的一个重要挑战是将自己的文化推向世界。眼下人们喋喋不休谈论的另一个话题是“软实力”，然而却很少有人严肃地思考这是否与中国将来的问题息息相关。

和伯特兰·罗素一样，明恩溥也说出了他眼中的中国问题。虽然他“西方至上”的态度是本文开端值得引用的一个例子，但我们还是把他对中国人行为的评论放在了后边。出于职业缘故，他认为当时中国衰败的根源在于精神危机：

> 中国问题从大的方面来讲就是世界问题。到目前为止，即便是对“世界政治”仅有一点兴趣的人也能发现，在东亚，西方诸国要解决或面临的难题比任何时候都多，也更为严重。战争、外交、商务、工业扩展、政府改革等所有的一切，在远东的呈现是前所未有的。然而，大家都在搅浑水，各自身上不可避免的弱点从未让尘埃落定过。认识到最终统治世界的乃是道德和精神力量的有识之士，越来越感到西方有愧于东方，只有帮助建立东方的基督文明，才能偿还许久以来的部分债务。
>
> ——明恩溥著，《中国的振拔》，1907 年出版

明恩溥的话来自其超越种族、民族和语言差异的内心信仰，毛主席曾指责这种类似的态度让中国人民对其深恶痛绝。当然，这位传教士的话是否公正还无法验证，中国在短期内

也没有丝毫沿着神权路线重建的可能。

伯特兰·罗素的言论有其不同凡响和主观的一面。尽管他缺乏明恩溥的语言水平和阅读广度，但从另一方面来说，他却没有自己所说的美国沙文主义思想，也不认为中国的没落与宗教多元化和宗教敌视息息相关。我认为他在《中国问题》的第 12 章极其微妙地提出了最为深邃的观察。在总结前面各章的言论时，他认为“与其把中国视为政治实体，还不如把它看作文明实体——唯一从古代存留至今的文明”。在前面，罗素曾公正地把中国与古希腊和古罗马做过比较。他指出，中国一直被儒家的孝道所束缚，而在古希腊和古罗马，随着市民对文明机制和组织的认同，人们建立起了自己与血缘关系几乎无关的社会身份，从而淡化了人与人之间的亲情关系。这一变化对社会的进步至关重要。而罗马人热衷于与被征服地区的女子通婚，事实证明这也像是催化剂，保证了其民主和人文思想的传播能够超越时间和地域空间，其影响至今赫然犹存。美国的最高立法机关是公选出来的，称立法者为议员，正如他们所遵循的罗马模式一般。而北美大陆实际上是在罗马帝国灭亡一千多年后才成了欧洲的殖民地。

恩泽于爱德华·吉本 (Edward Gibbon) 的伟大研究，罗马帝国的灭亡一直被归咎于自大以及未能妥善处理巨大疆域带来的问题，吉本指责渎职是这场灾难的催化剂。罗马市民不再崇尚以前的美德，把军事职责分包给没有荣誉观念、野蛮的雇佣兵。罗马的性格有些“娘娘腔”了，其边界岌岌可危。伯特兰·罗素并没有仔细重申或是补充吉本的论点。不用说，罗马向世人演绎了一个拥有雄厚遗产的政体和有扩张抱负的文明是怎样走向崩溃的。但颇为荒谬的是，罗马虽然解散了，但其最初的理想却被传播出去了。罗马帝国自取灭亡，让很多诸侯国从中得到了教训，第一次意识到自己是一个独立的“国家”。就这样，这些国家有了自己的政府、自己的货币、自己的语言、自己的国家运输网络以及在全球代表自己利益的大使。

相比之下，伯特兰·罗素时代的中国依旧坚守着一套自己固有的理想，此足以显示这个国家及其文化是可以自己自足的。中国人无须望断天涯，探索未知，因为所有困局国内可解。罗素认为，中国的历朝历代之所以能巩固自己的权威，不怕来犯，亚洲的地貌所起的作用非同小可。戈壁、沙漠、青藏高原这些天然屏障意味着中国有争斗的边界没有罗马那么多（《中国问题》第2章）。罗素此言差矣，他似乎没有注意到中国最繁荣的朝代在对待国内好战的少数民族时，都谙熟安抚的艺术。西汉与唐两代都是用封侯制来维持贸易、回避战争。也有帝王如唐高宗，让自己的女儿秉承美德，与少数民族的亲王和亲。官方辞令，不管是出于诚心还是遮掩的政治企图，其远大前景都是为了汉民族和少数民族的和谐。比如，据记载唐太宗曾说过：

夷狄亦人耳，其情与中夏不殊。人主患德泽不加，不必猜忌异类。盖德泽洽，四海可使如一家。

——《资治通鉴》第198卷，贞观21年5月中国文明的这种强大心理（自称天下、四海、海内、九州等）在罗素看来，对形成一个现代的民族国家是个制约。前人的智慧像黏合剂，使得后人凝聚在一起繁衍生息。后面的每一代人都面临明恩溥所谓的“古人毫无疑问地优于后人，后人自愧不如地劣于古人”。当父辈被奉为绝对的权威时，犬子何谈在政治、选举以及领导人遴选中保持己见？当老一辈指责年轻一代有悖于祖先的德行时，少年中国的知识分子怎样用海外教育来报效自己的祖国？罗素将此描绘得有点凄凉，可能是同情自己周围那些和其有着同感的年轻学者和思想家，这些人是他探索中国问题的渠道。

民族国家和文明国家之间潜在的分歧关系在当下中国表现得尤为突出。研读马丁·雅克（Martin Jacques）的新作《当中国统治世界》[①]，人们就会觉得罗素有了一个不错的接班人。马丁·雅克是现已停刊的《今日马克思主义》的资深编辑，20 世纪 90 年代成为英国《独立报》的副主编。其观点和罗素遥相呼应，认为西方从根本上误解了中国人对自己的认识以及中国和世界上其他国家的关系。他在一篇短文中明确指出：

我们以为欧洲人创立的民族国家历史悠久，影响巨大，具有一定的普世意义。千真万确，中国称自己是个民族国家已

① 该书全名为《当中国统治世界：西方世界的终结和全球新秩序的诞生》。——译者注

有一个世纪。但一百年在这个具有两千多年历史的国家不过是沧海一粟。“现代”中国诞生于公元前221年，到汉代时候(仍旧是在两千多年前)，中国的疆域就几乎涵盖了现在的中国东部和中部。中国很古老，是世界上绵延最久的一个国家组织。两千多年来，中国不是个民族国家，而是个文明国家。从本质上讲，现在依旧如此。

我们对自己的感知，主要来源于我们对国家的概念，其他的西方国家也一样。

中国则不同，中国之所以为中国，不是因为过去一百年称自己是个民族国家的产物，而是因为中国是一个有两千多年历史的文明古国。

在人类历史上，中国的变化之快胜过任何一个社会。同时，中国依旧与自己的历史保持着独一无二和无与伦比的亲密关系。我无数次访问中国，这种不可思议的现象总是让我着迷和陶醉。要是北京的一个出租车司机和你谈到今天的时候，引用三千多年前一两位先贤的话，我们大可不必惊讶。历史，即便是久远的历史，就在他的倒车镜里。与二千五百年前的孔子相关的思想，如和谐、稳定、有序以及家国同构等价值观依旧在主导着人们的社会观念。

中国人姓前名后绝非偶然，这反映出中国历史上家庭的重要性。华夏美食和中医都有很深的根源。文明乃中国之本。

——马丁·雅克，《理解中国》，

英国广播公司第四电台2012年10月12日首播

这些言辞的背景和伯特兰·罗素谈中国问题时的背景迥然不同。中国已不再是外国列强同情的弱者，从某种程度上中国的经济腾飞被认为是对世界秩序的一个威胁。2014 年英国广播公司的一次民意调查结果颇为有趣。在那些截止到当时为止在经济上占有主导地位、但却有可能在不远的将来被中国取而代之的国家中，其国民对中国在世界上的作用比其他国家更模糊。在受调查的人群中，只有 10% 的德国人看好中国对世界的影响，76% 的人持否定态度。美国人有反差，比率为 25% 对 66%。英国和澳大利亚人的反差更大，前者比率为 49% 对 46%，后者为 47% 对 44%。相形之下，发展中的非洲国家，如得到中国大规模基础投资的尼日利亚，其国民对中国的敬慕不亚于中国人。马丁·雅克的预言并非曲高和寡，他认为用不了二十年，中国将会超过美国，成为世界上最大的经济强国。其视角的深刻含义在于他否认现代化是一个仅仅属于西方的概念。为了走向更大的辉煌，中国也许不得不放弃更多的传统文化和个性特征。

在中华民国的孕育期，罗素就已经发现了东西方之间有可调和之处，谈不上一方会压倒另一方。虽然他列出了中国人身上一些明显不受人欢迎的习性（如缺乏公德、好面子、冷漠等），和明恩溥总结的差不多，但他也看到文明的力量如同地心引力在吸引着这个国家的人民。中国人的观念根基很深，任何一个国家要是觉得自己有能力重塑中国，那纯粹是天真的臆想。在《中国问题》第 10 章中罗素说：

中国人温文尔雅，他们所要求的只不过是正义和自由。他们的文化比起我们的更能使人快乐。他们的青年改良家不需要很长的时间就能使中国复兴，而且其结果肯定胜过我们碾碎一切的大机器文化。将来，等到“少年中国”成功后，美国不需要破坏中国的精神也同样能与中国通商并获利。中国现在需要的是一个无政府的时代，以找到正确的轨道。世界上的大国都必须经过这样一个时代。美国在 1861 年至 1865 年也有同样的经历。当时，英国企图加以干涉，想取而代之设立一个良好政府，所幸没有成功。现在，列强都想干预中国。美国对昔日来自旧世界的干涉恨之入骨，但对自己的新财团干涉中国却视而不见。我呼吁美国人应该承认别国的人民跟自己一样，不要再感谢上帝，他们不是被逐出教会的人。

——伯特兰·罗素著，《中国问题》第十章

从经济和工业化上讲，20 世纪 20 年代的中国最需要向西方学习的是科学技术。然而不幸的是，当时的环境将此酿成了一杯毒酒。罗素没有说美国（还有其他国家）起初帮助中国是为了自己的利益，但也不是出于仁慈之心、

回到马丁·雅克的观点，眼下谁也不能肯定，如果中国成为一个经济超级大国，是否就会让外国更加乐意接受中国文化，即人们所说的“软实力”？以文学为例，虽然莫言在 2012 年破天荒地获得了诺贝尔文学奖，但预期的中国文学翻译大爆炸并未出现。美国的中国文学网站“纸托邦”发布了中

国文学翻译的年表，公布的是每年中国文学被翻译出版的情况。在 2014 年，翻译出版了 15 本小说和散文集，13 本诗集。而 2013 年则是 16 本和 3 本，2012 年为 15 本和 8 本。分析一下这个名单，那些极具讽刺、颇有争议的作家，如阎连科和余华；还有那些作品被成功改编为电影、在国际上出名的作家，如严歌苓和艾米；或者是反映青春文化的作者，如韩寒和安妮宝贝，这些人的作品在名单中占有高得不相称的比例，而那些在国内获文学大奖的作家作品则很少。这当然反映出很多复杂的因素，包括缺乏为翻译家提供适当的资金，因为有些翻译家为了生计，不得不白天忙着教学或做口译，在闲暇时才顾得上翻译文学作品，再加上即使翻译完了，这种爱的奉献也有可能因为读者有限等多种原因而无人欣赏。有鉴于此，人们建设了一个名为“百分之三”的网站，寻求解决这一问题。目前在美国，出售的书籍中只有 3% 的书为非英语创作的翻译作品。汉学家虽然欢迎这家网站的努力，但同时却指出，相对于在欧洲语言如法语、意大利语和西班牙语中活跃的作家，亚洲文学更趋于被置于外围。就个人而言，我觉得作品的长度问题以及与其相随的对严肃文学作品的看法，对中国文学在海外传播影响不大。“微文学”（字数不超过 1000 字的散文和小说）的先驱老马，今年他的文学评论可以用英文阅读，随后开始引起轰动。在一篇文章中，他借题发挥炮轰莫言所谓的“没有二十万字以上的篇幅，长篇小说就缺少应有的威严”，此乃这个国家奖得主的标准，老马认为中国文学尚未走出自己的死胡同。

随着最年轻的这三代人在物质享受思想的环境中长大，经济利益可能被他们放在一切的前面。现在中国在逐渐努力走向世界，向世界展现既文明又礼貌的面孔，那么眼下中国火烧眉毛的问题又是什么呢？中国缺乏的不是让人仰慕的文学传统、书法、学识和工艺，缺乏的是中产阶级文明的情感，而不是追求迂腐的伦理观念。孔子虽然提出了社会之道，但却没有明确的言辞反对当众吐痰、撒尿、插队和炫耀式的过度消费。穆涛在其《文化是有血有肉的》一文中指出：

文化建设也是一个地域的形象建设，但这种形象建设不

图 8　穆涛《先前的风气》

是一朝一夕或者“多快好省”可以干成的，也不是发了财，有了点钱，文化形象就光辉高大了。如今中国的经济是世界的老二，但我们中国人行为做事的整体形象，在外国人眼里，实事求是地说，不要说排在老二，前二十名排得进去吗？

在这个问题上，应该讲，当代中国人是愧对我们古人的，是给老祖宗丢脸的。我们中国以前叫“礼仪之邦”，各行当有各行当的规矩，“仁义礼智信”这些东西基本上是深入人心的。如今有两个自我检讨的热词：“诚信缺失”和“信仰缺失”，其实都不太妥当，事实上是规矩缺失，我们如今做事情，很不遵守我们老祖宗的规矩。

——穆涛著，《先前的风气》

中国的快速发展，让其从一个只有少数精英、大多数人是农民的封建王朝进入了一个半城市化的工业化国家。壮大起来的中产阶级没有多少空间对自己社会行为和举止的是非提出标准。甩掉当前的这种不文明形象——这是罗素那个时代以后的事了，而且经过媒体的渲染，中国旅游者在海外的不端行为被放大了——的确不能掉以轻心。要是中国人首先可以对他人评头论足，那么其软实力进军西方的范围则可谓更广矣。

那罗素又该如何呢？难道《中国问题》只是本历史学家感兴趣的著作？现在这部著作依旧有其睿智妙语吗？直到现在，我都在轻描淡写对罗素的争议。有一点是无可厚非的，即他的和平主义和社会主义思想严重影响了他的大方针。由于中国在当时处于内战时期，他便认为理想的情形应是让社会主义在西方扎根，然后将其影响如涓涓溪流扩展到东方：

> 中国如不变成尚武的国家或者列强不变成社会主义国家，那么中国的经济难免要受外人控制。这是因为资本主义制度在本质上形成了弱肉强食的关系，无论是在国内还是在国际。但如果中国变为尚武的国家，对世界来说也不是一件好事，所以最终唯一的解决办法是社会主义在欧美取得胜利。
>
> ——伯特兰·罗素著，《中国问题》第4章

要是我们以为他预见到2015年这个时间框架足以完成这一转变，那历史证明罗素是大错而特错了。比如，“二战”后的意大利和法国都有自己强大的共产党组织，只不过其无情萎缩的大本营让人看不到有任何重建社会主义的势头。伯特兰·罗素的故乡则是另一番景象。从1945年到1979年，英国一直坚持所谓的“社会民主共识”，一连几届政府都是拒绝放松管制，保持对国家的高投入。随着撒切尔的当选，市场的活力与私有化有了起色，新自由主义占了上风，英国在政治上与美国走得更近了，就更谈不上社会主义革命了。在最近的大选中，戴维·卡梅伦的保守派稳健抬头了，“铁娘子”的原则虽然没被推翻，但却被大大地淡化了。客观来看，伯特兰·罗素和传教士明恩溥的思想动机如出一

辙，只不过他早已预见到社会的经济基础是中国将来崛起的关键因素。

但无论如何，罗素的确也有狠话。他从中国传统价值观得到启迪，从而使西方列强特别是美国变得更清醒：

中国人的孝道再怎么过分，它的危害也及不上西方人的爱国。自然，这两者的错误之处都是教诲人们对人类的某一部分尽特别的义务而将他人置之度外。但是，爱国主义是对作战的某一方尽忠，孝道则不然（除了在原始社会）。因此，爱国主义容易导致军国主义和帝国主义。为国尽忠的最好办法就是杀人，而孝道利家的最好方法是受贿和耍阴谋。所以，家族感情比国家观念的危害要来得小。这可以从中国和欧洲的历史和现实的对比中得到印证。

——伯特兰·罗素著,《中国问题》第 2 章

罗素高寿，目睹了“冷战”的高峰，1970 年他去世时已经快 98 岁了。据他的传记记录，要是当年因肺炎在中国离世，他就无缘见识这个世界上日益恶化的军备竞赛和核弹时代。

有人告诉我，中国人说他们会把我埋在西湖，并建一个纪念神殿。此事未成，我稍感遗憾。因为我有可能成为一个神，对于无神论者的我来说，这本该是很别致的。

——伯特兰·罗素著,《罗素自传》，第 346 页

不论罗素现在葬身何处，愿他安息。虽然中国有其足迹，但中国不会有他的陵墓。穆涛教授颇为自豪的是他曾在罗素下榻的上海宾馆的房间里住过，房间的墙上有相关的纪念牌。听到这件逸事我笑了，但我说这位哲学家对中国很诚挚，他认可华夏的人才，知道怎样解决其自身问题。50 年后，宾馆的房间里也许会再挂一个新牌子，上书："2014 年鲁迅文学奖获得者曾在此下榻……英国诺贝尔奖得主伯特兰·罗素也曾是这里的贵客，不过那是在很久很久以前了……"。

第七章

老舍与伦敦

1913年，有家剧院上演了一部名为《吴先生》的英文中国剧。起初是在外地演，后来搬上了伦敦的舞台。剧情大意是毕业于牛津大学的一个中国人，无情地报复一位在香港勾引了他女儿的英国海员。情节如下：

第一幕：九龙吴先生家的花园。巴西尔·格里高利和他的"天仙"吴小姐恩爱。他告诉她自己马上要回英国了，她要他带她一起走，因为两人早已有夫妻之实。他恳求说自己的父母永远不会答应这门亲事，并许诺很快就回来，劝她不要随往。商人吴先生出面了，他把女儿拉到一边，命令仆人抓住女儿的情人并把他关了起来。

第二幕：香港格里高利先生的船务办公室。儿子失踪，他心情沉重。公司的一艘船沉海，工人们依旧在罢工。在他看来，自己的竞争对手吴先生是所有这一切的幕后黑手。应他之邀，吴先生来和他谈生意。格里高利锁上门，用一把左轮手枪抵住了吴先生。吴先生提醒格里高利说，在英国人们从不会以这种无礼的方式来做生意，接着就诱使他表现诚意，放下枪，取出里面的子弹。格里高利和吴先生一颗一颗地数子弹，吴先生把子弹放到自己这边的桌子上，然后装进了自己的枪里。他用枪抵住格里高利逼他按铃叫仆人进来。仆人进来后格里高利用法语说自己被囚禁了。吴先生用法语喊道："错，错，被囚禁的是我，不是格里高利先生。请把格里高利夫人叫来。"格里高利夫人来了，吴先生给她解释了发生的事情，并坚持让格里高利先生离开房间，他只愿意和格里高利夫人谈事。格里高利先生出去了。吴先生对格里高利夫人说如果她今晚去他家，他就会告诉她儿子的下落。格里高利夫人同意了，也没有给她丈夫说这事。

第三幕：九龙吴先生家的客厅里。吴先生让人叫来了巴西尔，并告诉他他母亲来了。吴先生会把她咋样呢？巴西尔没有姐妹，那只能由他母亲来为他赎罪了。巴西尔下场。格里高利夫人在一位阿妈的陪同下上场。吴先生坚持让阿妈出去。吴先生提醒格里高利夫人说英国人从不带仆人到朋友家的客厅。阿妈下场了。吴先生给格里高利夫人介绍自己的古董及其价值。她询问儿子的下落。吴先生不予理睬。他玩弄着一把剑，那是挂在墙上的一件装饰品。他说自己的祖先曾用这把剑杀了女儿和那个使她蒙羞的男孩。他对格里高利夫人说自己也有一个女儿（他已经杀了她），巴西尔勾引了她。为了“以眼还眼”，他要报仇。他说她儿子就在隔壁，要是她接受惩罚，儿子就可以回到她身边。她想逃跑，但发现自己被锁在了屋里。他表示唯一的出口就是他的卧室。他进屋去了，把她留在那儿思考。她呼叫阿妈，阿妈从天窗给她扔了一小瓶毒药。她决定做最坏的打算，把毒药全倒进了自己的茶杯。吴先生再次出场了，已经把衣服脱了一半。看到她脸色苍白，就怀疑她捣鬼。他把两人的茶杯换了一下，假装说他想喝她香唇碰过的茶。他喝了一口，喘不上气来。他抓起剑，想刺她。没有刺中，蹒跚着倒地死了。他倒下的时候，身子碰响了锣。根据约定，一听到锣声，家里人就会把所有的门都打开。母亲和儿子团聚一起逃走了。

以上剧情冷酷而赤裸，给读者传达这种在剧院感受到的七情六欲有些不合适。该剧情节紧张，有震撼力。观众很难忘记那令人毛骨悚然的氛围和让人厌恶及作呕的剧情。然而，该剧的情节不合中国国情。将此作为现代中国文明的样板试图强加给英国大众，可能会带给人们不利于中国的偏见。

——刁敏谦著，《留英管窥记》，斯沃斯莫尔出版社，1920 年出版，第 293—294 页

出生于广东的律师刁敏谦（1888—？）完全可以并确实写了

一本书来描述自己当年在伦敦读书期间遇到的类似这样的跨文化误解。他回忆起自己当时还是一名外交官，人们就前文中提到的拙劣舞台剧向他和两个朋友寻求建议。他们三人没有明言讨厌这种对自己同胞的造谣中伤，而是绝口不提这个剧。《吴先生》的编剧是哈罗德·欧文和莫里斯·弗农，这部剧在巡演中不但没有夭折，反而在大西洋两岸达到了座无虚席的程度。1920 年在英国被改编为电影，1927 年美国又重拍。美国版的主演是朗·钱尼（Lon Chaney），以扮演形象怪诞或受折磨的角色而出名。他塑造最为成功的角色有《巴黎圣母院》里的敲钟人卡西莫多和《歌剧魅影》中的埃里克，都是有残疾的怪人。参加演出的还有超级影星黄柳霜，在剧中可悲地出演一个配角。她没有出演浪漫女一号（出演吴小姐的是位法国少女）实乃颇具讽刺意味的真实写照。面对来自敏感的大众和部分顽固的种族主义分子的压力，好莱坞屈服了，不敢在银幕上表现这种跨种族的恋爱。这对黄小姐和其他亚裔女演员的演艺事业不公，但却有益于那些没有白人面孔的白人女明星。要是没有这种无意识的限制，德裔犹太演员露易丝·赖娜（Louise Rainer，2014 年 12 月在其 105 岁生日到来的前两周去世）就没有可能出演赛珍珠《大地》中的阿兰，这个角色让她第二次获得奥斯卡最佳女演员奖。

老舍小说《二马》中的老马，在遇到和刁敏谦相同的问题时，就没有刁敏谦那样的辨别能力了。出于对那个把他带到英国来的传教士姐夫的感恩之情，他同意充当一部音乐剧中的临时演员，该剧声称演绎的是“中国佬”在英国首都的生活。当有人说其长相完全与剧中的成功商人吻合时，这位守旧的中国人颇感受宠若惊。除此之外，他还感到参与其中是在尽民族义务并开除了同胞中年轻的政治煽动者，仿佛这些人就是一群让人讨厌的小人。该剧的结局是发生了针对叛徒的骚乱，主要遭殃的是马先生从已故哥哥那里继承来的古玩店。商店遭抢被砸，小马决定离开伦敦，即便是婚约也没能把他留下来。此乃该剧作者的一贯风格，笔锋机智一转，试图说明迫使剧中主人公离开伦敦的不是当地的种族主义分子，而是与自己同在国外的中国同胞。

老舍自己在英国的生活经历以及据此创作的小说，即便是对最崇拜他的中国粉丝来说也有盲点。《二马》虽然没有《茶馆》《猫城记》和《骆驼祥子》那样抢手，但在“孔夫子”等大书店还是可以随时买到的。事实上，这种忽视在国外也是如此。威廉·杜比流畅而又颇具阅读性的英文译本——也许是大量老舍作品被译为同一语言中最好的译本——直到最近才以未出版的手稿形式出现。这个版本只有搞研究的英国图书馆（该馆距老舍创作这部作品时住的地方不远）注册会员才能看到。这种阴差阳错的遭遇，和熊式一的英文版《王宝川》如出一辙。因为这两部作品在中英跨文化关系史上各具特色，但却都被忽略。如果说《王宝川》的演出揭开了中国传统戏剧的面纱，是对《吴先生》和《朱清周》中种族仇恨的一种矫正，那么老舍则吐出了飘零在大英帝国中心的中国人的心声。为了避免陷入另外一个极端，引起人们对小说中人物的过分同情，这位小说家编织了一个令人轻松愉快的流放和两代人之间的代沟故事，中国人和英国人都对此毫无异议。

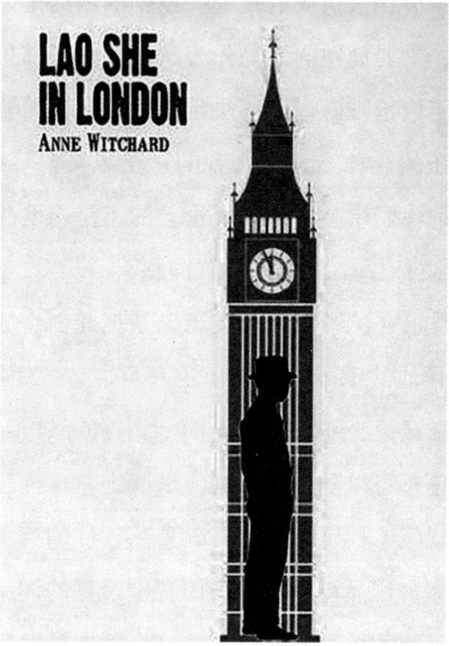

图9　《老舍在伦敦》英文版

在打开这部小说前，有必要指出小说作者自己在伦敦的个人生活同小说中的人物相比，虽说是波澜不惊但却受人尊敬。老舍在燕京大学执教不久（他错过了与伯特兰·罗素的见面），就被挖走，成了伦敦大学的汉语讲师。艾温士（Robert Kenneth Evans）是老舍在北京的同事，他恰好是威尔士前传教士瑞思义 (William Hopkyn Rees) 的女婿。和老舍一样，瑞思义也躲过了义和团的屠杀，因面对暴力临危不惧而被授予代表最高荣誉的“蓝绶带”。老舍没能在英国见到这位有恩于他的人，因为这位牧师患病多年，在他这位新同事到达的六个星期前，即 1924 年 8 月 4 日去世了。接待老舍并在后来五年安置他工作的是艾温士。根据《二马》所言，当时伦敦的最低消费是每月 20 英镑，虽然老舍年薪是 350 英镑 (相当于现在的 2 万英镑或 20 万元人民币)，但在当时的伦敦也维持不了多长时间，但能有在“东方学院”(现已改名为“亚非学院”)工作的机会已经不错了。上课的学生是三三两两，而不是蜂拥到大教室里接受机械的死记硬背，上课常常采用一对一的形式。要是一个学生想选教学大纲以外的新课 (如中国的传统中医)，老师们就先自己咨询，看有没有人能开这门新课。参加老舍语言班的学生就有后来的作家格雷厄姆·格林。

英国国内当时的情况为老舍的创作提供了丰富的土壤。在《我的几个房东》一文中，老舍回忆说，对于那些想把房子租出去的人 (特别是有了些年纪的女人) 来说，中国人是令她们好奇的人选。D.W. 格里菲斯 (D.W. Griffith) 执导的黑白无声电影《残花泪》(1919 年) 与《吴先生》和《朱清周》中血腥的恶魔相比，塑造了一个名叫陈汉的中国商人。他是个虔诚的佛教徒，虽然信仰不同，但在遇到饱受拳击手父亲家暴的年轻女子时，他却显得大义凛然。他在伦敦东头的古玩店成了露西躲避父亲酒后施暴的避难所。两人虽然有了浪漫的爱情，但却没越雷池一步。影片中没有外国人那贪婪的色欲，在任何情况下，陈汉都没有乘人之危，占人童贞，然后又随意抛弃。老舍的文章暗示，正是这种风度让中国人成了英国姑娘择婿和选亲的意中人。他在文章中写道：

“房东太太的女儿”往往成为留学生的夫人，这是留什么外史一类小说的好材料；其实，里面的意义并不只是留学生的荒唐呀。

——老舍著，《我的几个房东》

而老舍本人也有类似多姿多彩的故事。在他住过的一处地方，房东的女儿是个老处女，名叫达尔曼，就多次纠缠他，让他跟着她学跳舞。他很快就看穿了她的心思，她是想找一个像陈汉那样的男人。拒绝了她的挑逗后，他暗自观察发现她纯粹是个妄想狂，只能当一辈子老处女。

此类经历以及在当时的环境下人们对东方的猜疑，通过《二马》表达了出来。小说中老马和小马初次得到的教训就是：不论自己的真性情如何，很多当地人的本能就是通过自己熟悉的文学或电影作品来理解中国人。他们找到住处，和寡居的温都太太及其女儿玛力住在一起时，那母女俩对新来的房客看法各异。玛力对文化差异有自己的见解，认为中国的一些旧传统，如一家老少住在一块，是因为经济落后的原因。她颇为高高在上地认为，中国人要想达到现在英国人的文明还有很大的差距，因此认为要像对待不发达社会的人那样对待老马和小马。她母亲没有种族歧视，她训斥女儿说："拿弱国的人打哈哈，开玩笑，是顶下贱的事。"她驳斥说年轻一代喜欢的电影和戏剧把中国人描述为杀人犯、纵火犯和强奸犯是很愚蠢的。而对此女儿玛力的反应强烈：

啊哈，妈妈，不是真事？篇篇电影是那样，出出戏是那样，本本小说是那样，就算有五成谎吧，不是还有五成真的吗？

——老舍著，《二马》第一章第三段

玛力的亲友也有同样的看法。温都太太的妹妹多瑞找各种理由不来看望她们，其中一封短信提醒说：

亲爱的温都：

谢谢你的信。我的病又犯了，不能到伦敦去，真是对不起！你们那里有两个中国人住着，真的吗？

你的好朋友，

多瑞

——老舍著，《二马》第九章第三段

温都太太想不到自己的一位亲人竟然是个顽固的种族分子，然而在她邀请妹妹来伦敦过节的时候，妹妹迟来的回信暴露出了其偏见。小说中并没有信的原话，但这样写道：

信中的意思是：和中国人在一块儿，生命是不安全的。圣诞节是快乐享受的节气，似乎不应当自找恐怖与危险。

——老舍著，《二马》第四章第四段

任何一个在英国待过的中国人都知道，这种狡辩确实低档。基督徒（特别是那些住在大学城里的）认为，在圣诞节为远离家庭的外国人献爱心乃义务，与人家的信仰或习俗无关。

老舍的叙述手法很老道，意在嘲笑这种流行的看法。后来的文学批评家将这称为“聚焦”，是现代创作的一种主要手法。表面上，全文的叙述用的都是第三人称，通过一个主要人物，把外部事件和内心表述调和在一起。作者可以灵活地（或者说让人有些迷惑地）从一个人物转到另一个人物，就像转换无线收音机上的频道。这种手法带给作家的回旋余地是显而易见的，老舍把普通人的心声与小说中的人物交织在一起。在比较小马和其在伦敦的同胞雇员时，他写道：

从外国人眼里看起来，李子荣比马威多带着一点中国味儿。外国人心中的中国人是：矮身量，带辫子，扁脸，肿颧骨，没鼻子，眼睛是一寸来长的两道缝儿，撇着嘴，唇上挂着迎风而动的小胡子，两条哈巴狗腿，一走一扭。这还不过是从表面上看，至于中国人的阴险诡诈，袖子里揣着毒蛇，耳朵眼儿里放着砒霜，出气是绿气泡，一挤眼便叫人一命呜呼……

——老舍著，《二马》第十章第二段

从表面看，中国人明显与他们习惯上认可的有差异，故老舍的小说就是有意紧扣这种嘲讽。

在描述虚伪的时候，不论是涉及英国人表面上的客气，还是涉及中国在海外的年轻人鼓动老马和小马来支持他们反对英国的剥削和殖民，老舍的聚焦技巧都可谓炉火纯青。此法让老舍笔下的人物颇为复杂，潜在的种族偏见意识很少显露出来。受人尊敬的伊牧师一家在中国待了20多年，并在危机时候负责把受过教会教育的老马（觉得他是个虔诚的基督徒）带到英国。他的妻子虽然表面上温文尔雅，但内心却毒如蛇蝎。毛姆曾在《在中国屏风上》中的《恐惧》一文中描述过类似的传教士夫妇。伊太太的心胸是如此狭隘，甚至把种族、语言和国籍等问题混为一谈。她的孩子虽然是在中国出生长大，但却不懂汉语，从孩子一生下来她就不让自己的孩子和当地的孩子接触。老舍写道：

伊太太的教育原理是：小孩子们一开口就学下等言语——如中国话、印度话等等——以后绝对不能有高尚的思想。比如一个中国小孩儿在怀抱里便说英国话，成啦，这个孩子长大成人不会像普通中国人那么讨厌。反之，假如一个英国孩子一学话的时候就说中国话，无论怎样，这孩子也不会有起色！英国的茄子用中国水浇，还能长得薄皮大肚一兜儿水吗！

——老舍著，《二马》第三章第三段

她丈夫则是个沙文主义者，在这夫妇二人中，他肯定是更狡猾，把自己的野心埋藏在慈善的外衣下。他的自传和老舍的监护人瑞思义颇为相似。瑞思义回到英国时已近花甲之年，他想利用自己的特长，即花大力气学来的汉语，在伦敦的大学谋到一个职位。我们没有理由含沙射影地说老舍是有意在暗讽瑞思义或他的女婿艾温士，实际上，伊牧师的计划落空了，让他失望的是老马明显缺乏宗教激情，现在只是他的工具。伊牧师鼓励他写小说或回忆录只是为了控制他，让他帮助自己写学术专著，以保住自己需要的教授席位。

伊牧师始终没看得起马先生，他叫老马写书，纯是为了叫老马帮他的忙！他知道老马是傻蛋，傻蛋自然不会写书。可是不双方定好，彼此互助，伊牧师的良心上不好过，因为英国人的公平交易，是至少要在形式上表现出来的！

伊牧师，和别的英国人一样，爱中国的老人，因为中国的老人一向不说"国家"两个字。他不爱，或者说是恨，中国的青年，因为中国的青年们虽然也和老人一样的糊涂，可是"国家""中国"这些字眼老挂在嘴边上。自然空说是没用的，可是老这么说就可恨！

——老舍著，《二马》第十四章第三段

老马让伊牧师很失望。老马给牧师说儿子马威正在突击学英语，准备在经济学或相关的专业拿个学位。他微蹙眉头，怀疑小马可能准备要返回祖国，效力革命。在这种情况下，伊牧师认为这位做父亲的在儿子那里没权威（因为伊牧师甚是羡慕中国的孝顺之道），而老马暗地里把这位善意的牧师当成了不明智的同谋。

事实上，老马虽然不是个恶棍，但他早已没有了中国老一辈人身上的那种感情了（更不用说他还是个中国基督徒了）。在北京，妻子一去世，他就把儿子马威托付给了伊牧师，这并不是因为他特别注重儿子的道德教育，而是因为作为一个单身父亲，儿子会妨碍他喝酒、赌博和找女人。他的堕落也许是有意影射包括老舍在内的显赫的旗人阶层。老舍并没有把马则仁当成当时中国问题的替罪羊，他不过是把这个人塑造成了一个随大流的笨蛋。做个小破店的老板可不是他为自己设计的营生。他没有几个顾客，也不清楚仅有的几个人到底算是顾客还是朋友。马家的“贵族”常客约汗·西门爵士爱摆架子，但到了真的掏钱包时却让人怀疑他是个吝啬鬼。他说：

就是广东磁我还没试验过。你有什么，我要什么，可有一样，得真贱！

——老舍著，《二马》第十三章第三段

小马不向他兜售贵东西，也不会为店里的古董来历编织一个浪漫的传说。他就是这样不懂生意经，跟着李子荣囤积蒙文和满文书，这种东西就是在伦敦的中国人也没有多大兴趣（老舍在此也许是拿自己少数民族的语言和文化在汉人圈里不吃香来开玩笑）。二马甚至愿意充当滑稽的哑剧角色。在西门爵士夫妇家的客厅里，二马没有穿平时的衣服，而是换了一身让人难以置信的中国传统服饰，在聚会上唱昆曲逗乐。

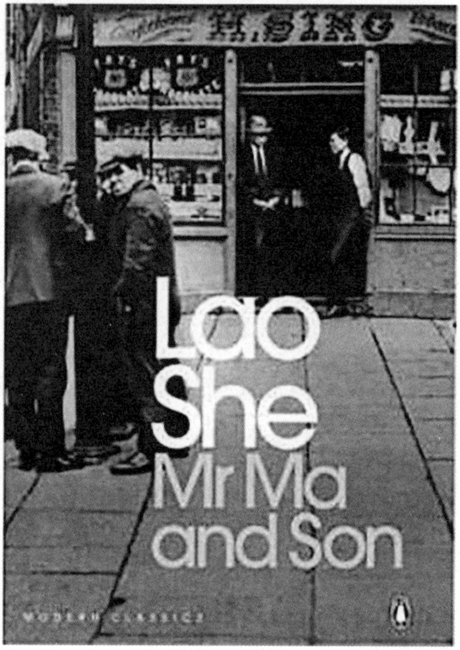

图10　老舍《二马》英文版

老马自己的质朴心理在小说家的聚焦下亦是被描绘得惟妙惟肖。和伊太太不成器的弟弟亚历山大痛饮一场后，他醉醺醺地摇晃着往家走。眼前浮现的景象既让他感到这是一个和他不相干的高度发达的社会，同时也燃起了他对故乡的思恋之情：

那些金星儿还是在前面乱飞，而且街旁的煤气灯全是一个灯两道灯苗儿；有的灯杆子是弯的，好像被风吹倒的高粱秆儿。脑袋也跟他说不来，不扶着点东西脑袋便往前探，有点要把两脚都带起来的意思；一不小心，两脚还真就往空中探险。手扶住些东西，头的“猴儿啃桃”运动不十分激烈了，可是两条腿又成心捣乱。不错，从磕膝盖往上还在身上挂着，但是磕膝盖以下的那一截似乎没有再服从上部的倾向——真正劳工革命！

——老舍著，《二马》第五章第三段

作为一部性格与地域小说，《二马》虽然在情节上比较松散，但却闪烁着无比的洞察力。马威想和玛力·温都谈恋爱，但走到一起的却是双方寡居的父母。然而两位老人的婚约是短命的，因为双方在现实中都无法跨越横在他们之间的文化鸿沟。温都太太怎会希望住在中国？老马怎会在一个阴郁的西方城市度过自己的一生？温都太太要怎样应对与带有种族思想的妹妹之间疏远的关系呢？最后，这二人的关系被打上了独特的儒家风采，因为在家庭和睦中个人感情次之。有趣的是，温都母女在这件事上竭力反对东方“入侵者”的思想，和二马一模一样，都是那么的保守。

对儿子马威总体微妙形象的刻画也许是读者阅读中文原著的兴趣点。展现在马威面前的故乡和异乡的对比让他的内心世界更加现实。他质疑北京学生活动的热情不成熟，尽量使自己远离伦敦那些头脑不清楚的中国青年的抗议活动。这些人对“剥削”的理解很到位，把抗议当作自己闲逛和不工作的幌子。他自己的态度在小说中描写得很具体：

马威在中国的时候，也曾打过纸旗，随着人家呐喊，现在他看出来了：英国的强盛，大半是因为英国人不呐喊，而是低着头死干。英国人是最爱自由的，可是，奇怪，大学里的学生对于学校简直没有发言权。英国人是最爱自由的，可是，奇怪，处处是有秩序的。几百万工人一齐罢工，会没放一枪，没死一个人。秩序和训练是强国的秘宝，马威看出来了。

——老舍著，《二马》第二章第四段

老舍是否又在开玩笑呢？他是不是在嘲笑英国人的自鸣得意呢？嘲笑英国人觉得自己已经发展到了这样一种高度，无须质疑日常生活中微不足道的暴虐呢？作者的幽默感在我心中激起的联想有所不同。30 年后，特立尼达作家萨姆·塞尔文在其小说《孤独的伦敦人》（发表于 1956 年）中，描述了西印度侨民在国外受到的剥削。在战后的岁月里，英国的经济发展指数持续增高，为了避免潜在的劳工短缺问题，英国鼓励英联邦国家的人移民到英国，但承诺给这些移民的好工作往往得不到兑现，只不过是让他们变成了英国皇室的臣民而已。由于皮肤黑，这些年轻人常遭人怀疑，像外乡人一样给伦敦带来了变化，小说中对此有绝妙的描写。在其中的一章里，主人公拒绝了有报酬的工作后，几乎到了营养不良的地步。为了活下去，他们不得不到公园捉鸽子来充饥。一位上了年纪的女人恰好看到了这一幕，这便更让她加深了以前先入为主的观念，即所有黑人都是到处搜寻食物的丛林野蛮人。

虽然表面情形相似，但《二马》和《孤独的伦敦人》的结局却大相径庭。随着人们对后殖民文学的兴趣如雨后春笋般兴起，尽管塞尔文小说的英语不标准，却仍然稳稳地上了本科学生文学教学大纲。而老舍对当年在伦敦的生活闭口不提，这也是其小说不为人知的原因之一。另外一个要说的是，老舍和自己以前的室友艾支顿（Clement Egerton）合作，翻译了中国古典小说《金瓶梅》。他们两人在老舍工作的地方相遇，艾支顿希望提高自己的汉语水平。他曾经从军，并到过非洲，在安哥拉待过一段时间，还作为班甘特王二世纳吉克的客人，在喀麦隆待过几个月。他们两人在翻译中的工作不好量化，但有两件事是肯定的：一是老舍坚持不在合译的小说封面署名，二是艾支顿选择将小说中过分粗鲁的章节译成了拉丁语。诗人威廉·普洛默（William Plomer）1939年在《旁观者》发表了一篇评论，从中可以看出该书出版后不温不火的情形：

作为艺术创作该书让人失望。与其说有哲理，不如说是陈词滥调。小说杂乱无章，缺乏技巧和变化，有点左拉式的呆板。书中的几位主要人物虽然有雄心和朝气，但不值一提。我们觉得原作没有文体美，写得像“电报文体”，从某种程度上来说，像充满艳情和暴力的廉价刊物。其长处在于猎奇，犹如人们长期闲置在阁楼上的一个东方花瓶。它之所以被闲置，是因为它确实太大，不好收藏，也因为它到手的时间长了，成了古董，上面有离奇有趣的图案。至于书中的色情段落，由于用的是另一种语言，给人的感觉就像是斜体，只为彰显其重要而已。这对于那些复习了一下拉丁语、靠在火炉边的老头来说还有点挑逗力，但对于吾辈无甚做人的教益。像很多类似的色情描写一样，忘了一点，即此只可意会，不可言传。璞也罢，玉也罢，天然刺激各不同矣。

——《旁观者》，1939 年 8 月 10 日，第 26 页

人们只能认为老舍对他们的翻译不满意，想让此事成为过眼烟云。 或许他觉得如果决定回国，在当时的中华民国那个气候中，与一本臭名昭著的淫秽小说有染不合自己的身份。知情的人大多会说最近出版的美国汉学家芮效卫[①] 的译本远胜于前面提到的节译本。如果把普洛默的理解演绎到极限，那仿佛就是说《金瓶梅》是一个过时的大花瓶，马则仁没法把它搬下古董架，而《二马》则是个朱砂漆器匣子，形状小，

① 英文原名 David Tod Roy（大卫·特德·罗伊）。——译者注

甚至不实用，但仔细看几眼上面的人物，却是雕刻外形精巧，颇见功夫。

图11　老舍在伦敦住过的地方挂的“蓝牌”

2003年，也就是老舍离开伦敦的75年后，他在那儿的四年经历得到了英国的最高认可，当年他居住过的伦敦市圣詹姆斯花园31号被挂上了“蓝牌”[①]。他是唯一得到这一殊荣的中国人，虽然这对于伦敦人来说算不了什么，但今天亚非学院的师生都喜欢去那儿留影。安·威恰德的研究《老舍在伦敦》一直被认为是推动这一认可的有力作品，其研究也的

① 蓝牌，直径为49.5厘米的蓝色陶瓷圆盘，以一个永恒的符号存在，用来保护、纪念一座建筑与一位名人的一段历史情结。英国政府规定：凡是被英国古迹署挂上了蓝牌的建筑，属于国家保护文物，一律不得随便拆除或改建。——译者注

确是以当今种族和身份话语这个背景为前提的。更重要的是，我要承认威廉·杜比的辛勤努力，是他把这部作品介绍给了老舍所描写的这个国度的读者。他是伦敦大学受人爱戴的汉学家和学者，于2015年2月去世。他还留下一个遗憾，那就是他对自己珍惜并翻译的中国现代文学瑰宝推介不够，未能出版。《二马》的翻译据说始于20世纪60年代，也就是大约在那个时候，作者老舍像屈原投江那样投进了太平湖。无独有偶，就在杜比教授去世的那天，我参加了一个朋友的婚礼，从华阴县回来的火车上，我饶有兴趣地读完了这本小说。华山后面的夕阳像一轮粉色的新月，不可思议地照射着每一座神圣的山峰，我的屁股却和硬卧上的塑料泡沫不合时宜地粘在一起。当火车驶入关中平原的时候，不由让我想起了20世纪20年代的英国。我把翻皱了的小说放在旁边的座位上，伴随着对老舍作品的阵阵笑声，以及我和书中人物都无法体验的幸福姻缘，再加上喝了青稞酒后的喜悦，一路半睡半醒地回到了西安。

第八章

斯特拉·本森的中国情结

在客人开始喝酒后，大家闹腾得很厉害。酒是带有果汁色的原酿烈酒，而且每杯都要一口干。在说完“干杯”后，双方都要一饮而尽，然后再用一个夸张而又自豪的动作相互展示自己手里的空杯。也玩划拳，输了的人要“干杯”。一种是日本拳，类似猜拳，伸出的指头代表剪刀、石头和布。另外一种是中国拳，也是伸指头，但双方都要喊数字，谁喊的数字与两个人伸出的手指之和相等谁赢。这种酒令很噪人，空气里弥漫着两个人拉锯式的争斗声：“一点点”“八匹马”“三不动”“五魁首”“十满堂”。一旦有人赢了，旁边的人就大叫着起哄。另外一个游戏是在橘子上插一根点着的火柴，满桌人传橘子，到谁跟前火柴灭了，谁就得“干杯”。

酒杯永远不空，内在的信念持续膨胀，两桌吵闹的人仿佛沉浸在狂喜的洪流中。大家就像是沉在了湖底，中国人的面孔在迅速而又安详地闪烁，如歌的语言伴随着朴素但却陈腐的话题。丝锦放光，屋外月下树斜，独佳氛围，让人感官一新。人人心醉之时，方觉万事皆殊途同归。

中国人是东方唯一能在正规的美食场合让生疏的客人感到快乐的主人。通过比较，我想起了在云南的一次饭局。

安南人打扮得花枝招展，木屐闪亮，头巾似蛇，站在一座破旧院子的走廊里等我们。院子被精心装扮了一番，矮小的灌木盆景上拴着一串一串纸做的法国国旗，树枝上有纸制的玫瑰花。桌上放的香烟也同样装饰着玫瑰纸花，我觉得香烟是用硫黄石或麻袋片做的。为饭桌添彩的是藿香味的盘子。抽根烟本身就是冒险，而纸玫瑰花易燃的本质让危险又多了一层。要是不把花拿掉，着起火来会烧伤抽烟人的脸。

我们的四只狗——约瑟芬、博尼费斯、苏珊和考斯立卜本来被我们小心翼翼地关在了家里，但却神奇地出现在了宴会上。我们家的狗总有这本事，石头墙对它们来说不是监狱，铁栅栏也非兽笼。考斯立卜有次卷入了云南人的政治圈，它钻到了总督将军弟弟的两腿间，打断了人家致欢迎词。在正式的法国宴会上，我常常觉得自己的精心衣着和仿珍珠首饰带来的效果没用，因为在我进入房间的时候，身边总是漫不经心地跟着五六条讨人喜欢但却泥乎乎的狗……然而在安南人的饭局上，狗却成了我们的救星。我们坐了一个半小时，面对桌上盘子里我从来也没有尝过的恶心菜肴，不好意思地对慷慨的主人笑着。有加糖的牛奶，长方形的黄杜仲，有白铅盖的盘子——极为讽刺的是上面有象征长寿的文字，还有蜂胶、白肉冻，放在绒布上的几块口香糖也被不知疲倦的主人堆放在盘子里。面对每道佳肴，我们都低着头，然后便说些俏皮话转移主人的注意力，或者是说句无用的恭维话，接着就把食物传给在桌子底下用嘴拱我们膝盖的狗。博尼费斯肯定是大声漱口似的吐出了有些吃的，为了掩盖，我就兴高采烈地谈话。考斯立卜——总是像个绅士——拒绝任何这样的手下(应该是爪下)活，而是在一个显眼的地方大方地吃起了肉冻。可慰的是当时我们的一个主人正在用法语很快地说话，为我们解释为什么没有香槟，所以没有人注意到我们家狗那令人尴尬但却英勇的举动。

——斯特拉·本森著,《世界中的世界》中《宴会》一文

斯特拉·本森把最难堪的用餐经历写成了和风细雨式的报道令人开眼。他们大白天喝得醉醺醺的，更不要提用不喜欢的食物来偷偷地喂自家的宠物了。这种举止在她的老家英国肯定是不被允许的。尽管她试图通过自己的小聪明把这些化为有趣的逸事，好让读者觉得她既没有大国沙文思想，也不是一个残酷的势力小人，但实际上，在 20 世纪二三十年代，英美国家的人们不愿涉及远东大地，他们的广大读者都把她视为理解远东的试金石。反过来，对于那些沿着她的足

迹、不得不面对中国社交场合尴尬局面的极少数外国人来说，她越来越受人器重。另外一件有趣的事是，在重庆的时候，她决定刻意来回答同伴们常问的一些不着边际的问题，如“你觉得中国咋样？”“你怎样看中国的饭菜？”等等。她故意欣喜地说：“你可知道你是第一个问我这种问题的人吗？”下次在现实生活中出现类似的情形，模仿一下她这种有创意的回答不失为良策，不过这种回应恐怕会带着原创者所没有的讽刺意味。

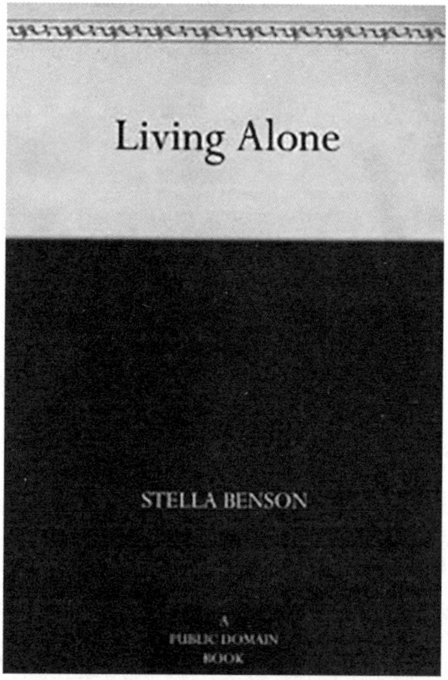

图12 斯特拉·本森《独在》英文版

遗憾的是，斯特拉·本森的大名在今天的文学圈里几乎无人提及。如果说英国人还能记得她，也只能是依稀觉得她属于弗吉尼亚·伍尔芙（Virginia Woolf）那个时代，要是再多一点，也只是知道她是一位诙谐的游记作家，是个才女。不过要是具体问起她有哪些作品，人们就不得不挠头了。但当年的文人可不这么看。斯特拉·本森因患肺炎于越南某省英年早逝，她的去世甚至引来了没有理由去悼念她的一些人对她的高度赞扬。平时尖刻的弗吉尼亚·伍尔芙从报刊亭的报纸标题上得知她去世的消息后，在日记中写道："这是一种奇怪的感觉：当一位像斯特拉·本森这样的作家离世，人们的回应就会削弱一分。此时此地再也无法为她所点亮，她的离去让生活黯然失色。"传记作家与和平主义者薇拉·布里顿（Vera Brittain）被斯特拉·本森私下斥为感情上的小人，但她在伦敦举行的斯特拉·本森追思会上确实动容不已，她说："这仿佛很怪，她那熠熠的心烛之焰，比吾辈大多数受赞扬的人更为闪亮，并在人世最偏僻的一隅燃烧到底。"也许，早期的圣洁加上刚过不惑之年的早逝，让后来的评论家趋于低估其作品的分量。单就凭见多识广这个标准来讲，在审视中国的英国作家中她肯定有其显赫的席位。斯特拉·本森的行程（不说"旅行"或"冒险"，因为她去的地方常常并非个人选择而是为了履职）把她从香港带到了烟台，接着是到北京、上海、长江流域、东北、南宁和云南，而她对每一处的描述都有其独特的幽默。

对我而言，她别有一番魅力，因为在不经意间，她使许多当年对中华民国有过评价并让现在人依旧记忆深刻的人黯然失色。有人一直说她都不配为历史做注。向她致敬的最佳办法是通盘考虑她那个时代和她的文学成果。1919年，她第一次从旧金山经日本来中国，在船上她邂逅A.J.韦尔奇，两人迸发出浪漫的火花。A.J.韦尔奇是登顿·韦尔奇的父亲［登顿·韦尔奇（Denton Welch, 1915-1948）是英国作家和艺术家，著有《处女航》，描述的是他从英国的寄宿学校逃走，来到上海和家人团聚］，他当时刚好返回上海履职。知道韦尔奇在伦敦有妻室和三个孩子后，她的热情淡了少许，幸好并没有发生不明智的云雨之事。这场短暂的艳遇留下的纪念只是一个作为礼物的金箔漆器烟盒。在香港谋生期间，本森曾经在中学教过一段时间书，结果众说纷纭。在这里她与毛姆不期而遇，她对毛姆的描述是“和蔼、风趣……没有当地人传说的那样高傲”。不久，她又来到了北京，在洛克菲勒研究所做过一段时间的透视部秘书。后来正是这家研究所忙着抢救病重的罗素，但在此之前的几个月她已经离开了。她觉得这里的工作没意思，或者用她的话来说，就是义务要求她与“骷髅为伴，而且要在41摄氏度的时候，和骷髅显得一样冷静，脸上表现得一点也不知道战争即将来临”。美国人的效率与板着脸的爱国精神和她那热情的英国风趣格格不入。为了恶作剧，她设法买了一面小小的英国国旗，把国旗绑在医院大门外的石狮子上，以便提醒来往的人，这里并非所有人都是无处不在的星条旗的奴隶。

对于斯特拉·本森来说，邂逅中国首先是一次快乐的绕道，后来却成了婚姻上的义务。1892 年 1 月，她出生在一个有土地但却不是贵族的人家，从手能握住笔时就开始了写作。她的娘姨玛丽·春穆勒（1859—1925）出版过十几本小说，都是围绕当地什罗普郡人的浪漫情事和讽刺故事。虽然经常生病——其短暂的一生备受疾病折磨——但从 10 岁起，斯特拉·本森便开始写日记了。她在进入少年时代后，就表现出两大强烈个性，即有社会正义感，渴望世界大同。在其酗酒成性的父亲去世不久，斯特拉·本森在西印度过冬，这为她的处女作《我行我素》（1915 年出版）提供了素材。由于第一次世界大战的爆发限制了人们独自在国外旅行的机会，她便扎根伦敦，和家人一起积极支持妇女参政议政活动，为女性争取选举权。然而和平请愿不得不让位于战争年代的艰难，于是这位年轻的作家便自告奋勇到伦敦的东郊帮人种菜。这项任务非同小可，因为当时的海上冲突使得食品进口变得相当危险。

1918 年夏，北大西洋的“德国潜艇威胁”有所降低，商船遭德国潜艇鱼雷袭击的可能性少了，斯特拉·本森便决定买船票从利物浦到纽约去。从她选择美国也许可以看出一种独特的对称，因为在停战协议后，许多“迷惘一代”的作家和艺术家（如海明威和菲茨杰拉德等）选择的是一条相反的方向，即到欧洲去避难和创作。在纽约格林威治村和旧金山的知识分子聚集区，斯特拉·本森发现这里颓废派的欢乐不像战乱中的欧洲那样受到强制性的压抑。在来去匆匆的出租车和摩天大楼里，她的同辈们都一头扎进了现代派的洪流，没有人像她那样因刚刚结束的这场战争而感到心情沉重。在她的日记和文章中，她又一次提到了美国人带有阳台和大卧室的整洁家园。加利福尼亚温和的气候对她那脆弱的身体来说犹如一剂良药，有人觉得要是她能在那儿逗留的时间长一些，那里将会成为她的金丝笼。

斯特拉·本森一个人在旧金山度过了寒酸的圣诞节。她发现自己穷到只能租得起宾馆的一个小房间。在房间里（让她开始感到惊慌的是），当她“打开衣橱去挂帽子时……房间里的床，就是那种为了节省地方，不用时收起来暂放在衣橱中的那种，落下来砸到了她的头上”。她大哭着离开了有火鸡的丰盛晚餐，带了些饼干和巧克力，蹲在金门海峡的长滩上，与野狗和海鸥分享她的节日晚宴。

1919年11月离开旧金山后，斯特拉·本森便开始了她的亚洲之旅，先是到了日本和菲律宾，然后是澳门和香港。日本和菲律宾让她感到不安，因为她体会到的反差太大。当人们知道她是一位来访的英国作家时便待她如“女王”，但在不知她身份的时候就很冷漠（或用她的话说就是“日本人根本不会注意或帮助你”）。她更同情的是澳门文化，读了她对这块殖民地的描写，人们的鼻孔里嗅到的是新鲜蛋挞的味道：

> 那里有一股葡萄牙的空壳味，彩色的石膏墙，低屋檐的红房顶，静悄悄的花园式修道院，教堂里的气氛俗气而热心……然而这个城市在我看来几乎还是中国的内核。透过有雕刻的

栅栏和凉亭，中国女人用被遮掩的平静脸庞打量着街道，这让她们的脸显得更加神采奕奕。广场和花园里到处都是形状怪异的木瓜和香蕉，而不是玫瑰和橄榄树。教堂里除了几位安静的中国小保姆没有别的人。保姆都穿裤子，打扮得很整洁，肩上扛着的是包在花包袱里的孩子。中国的太阳发出的光辉笼罩着大教堂，只有教堂的正面赫然而立，前后都是洒满阳光的空间。但中国的寺庙就不同了，精美的陶瓷轮廓里充满龙和海豚的影子，祭坛很不整洁，落满了灰尘，主持祭坛的佛心不在焉，但却很是得意。

——斯特拉·本森著,《小世界》中

《马尼拉－澳门－香港》一文

此类简短但却煽情的描述是斯特拉·本森的立身手法。讲述自己最新的陆上见闻是她最可靠的糊口手段，也让她有时间完成自己的小说。在旧金山，她曾经做过文学编辑，在香港，她当过老师，用她的话说她“不仅缺乏学位、学历和其他所需的知识，也缺乏做老师的声音和谈吐”。在黑板上涂鸦时画的漫画，让她痛苦地觉得自己对待学生的方法好像学生们还在上幼儿园。班上最大的中国学生 23 岁，而其欧亚同学的年龄要小一半。她只教了一学期，但也不觉得后悔。

当时，斯特拉·本森已经快到而立之年了。她在想是否该把结婚生子纳入自己的计划中。在这些难题还没有头绪时，詹姆斯·安德森（她叫他的爱尔兰名字“帅姆斯”）的出现让问题更复杂了。詹姆斯是大清海关总税务司（该机构一直和其创办者总税务司罗伯特·赫德的名字息息相关）的一名出色官员。在她沿长江旅游结束的时候，两人在重庆相遇，这颇有斯特拉·本森式的特色。当时她觉得这个被围困的城市很好玩，甚至跑出去买钢笔，就是在那一瞬间，她的欧洲同伴转过了身：

有家商店让我们进去看贮存的钢笔，就在这时，寂静的街道传来了一阵奇怪的、暴风雨般光脚奔跑的声音。一伙受惊吓的市民跑了过去，除了他们的跑声，没有别的声音。店老板封上门消失了。我们悄悄地坐在店后面的一个小祭坛前，骚乱过后，外面的街道仿佛死一般的寂静。挂着小旗、歪歪扭扭、洞穴似的房子闭紧了嘴，茫然地瞪眼望着。

终于两个端着刺刀的士兵走上了街道，脸上一副受了惊吓中风的表情，没有朝街两边看。

——斯特拉·本森著，《小世界》中《长江》一文

怎样应对这些不时发生的唐突历险在安德森心里并不重要，那一刻，他被她迷住了。但他的眼里还有一位已婚的女人，这两位女人也都意识到她们在竞争，其结果只能是“赢家通吃”。斯特拉·本森借用直率来弥补自己的不足，她在日记中写道：“我知道，自己自命清高像个假小子，但我和别的女人一样是女人。”安德森对弗洛伦斯的激情本质上是出于肉欲，他谈她的口吻就像是在说一个想象中的中国小老婆，是为了

解决自己的性冲动。然而，安德森敬畏的是斯特拉·本森的思想火花，以至于在她表明自己性冷淡、身体欠佳不能怀孕时他都准备妥协。他们认识一年后在伦敦结婚，要是他还有点文学素养，这位新婚的丈夫就应该注意到，自己的新娘就是毛姆刚出版的小说《华丽的面纱》中姬蒂·费恩的原型。不同的是，姬蒂是心甘情愿被丈夫悲惨地流放远东，追求没有名分的快乐，而斯特拉·本森则掌握着控制权，操控着詹姆斯·安德森在中国最偏僻地域的旅行。她甚至看不起他想让自己在英国找一个收入好的工作的建议，她的翻译家朋友亚瑟·威利指明牛津大学翟理斯的中文教授席位即将虚位以待，但她却没有一点兴趣。

安德森精通汉语，但作为妻子的斯特拉却并没有选择学会几句日常必备用语来应付身边的事情，而是让自己与这门语言保持一段距离。她的特长是猎奇，她的强项是把不同的体会和知识有机地综合起来。在美国度完蜜月后，她出版了小说《穷人》，故事讲的是一个名叫爱德华·威廉姆斯的英国广告商，发现自己因为职业不得不在全世界颠簸，最后为了中国，放弃了加利福尼亚明媚的阳光。小说的语气故意很轻松，但有几处文字，不论是说他像小说中的主人公，还是像作者一样独立，都巧妙地掩饰了旅行中的艰难。如在旧金山一家小旅馆中：

门上有破旧的广告卡和旅馆章程，地上有一个绿色的陶瓷痰盂，床上是俗气但却还干净的棉被，墙上甚至还有以前住过的人留下的黄色笑话，梳妆台上是一本基甸社的《圣经》，扉页上列着生意不顺或生意成功后应当参读的经文段落。

——斯特拉·本森著，《穷人》第2章

放弃了商业上的竞争，爱德华的中国之路和其创造者斯特拉·本森的经历如出一辙。明代的石刻和长城让他着迷，颇有拉斯金作品的意味。他的最终目的地重庆隐没在长江的尽头，而当时重庆的名字就好像是暴乱的同义词。她没有平铺直叙，而是尽可能地描写恐惧和创伤的细节。在这个真实的战乱地区幸存下来的人对此事并不张扬，但死神的幽灵却在忽隐忽现。当小船准备靠岸时，一个与爱德华同船的年轻人问道，要是船在水里撞到了尸体，会不会让他们像冰山那样沉没。即便没有遇到感情，但遭遇死亡确是实实在在的事情。在乡下，他们看到：

在路边一面鲜花盛开的山坡上，头朝下躺着一个死人。脚上张开的鞋底似乎在瞪着来往的行人。

——斯特拉·本森著，《穷人》第7章

斯特拉·本森把最精彩的留在了最后。爱德华到处闯荡之所以还能让人接受，是因为他想着与自己在上海的恋人艾米丽重逢。在如此相似的恋爱中，斯特拉·本森痛苦地得知，安德森还有一个性感的女人在同一座城市等着他，而他似乎对她的浪漫努力不屑一顾。《穷人》重复的就是这个脚本，不同的是有两个男人爱上了艾米丽，这两个男人是爱德华和他的情敌塔姆。她把现实中的三角恋微妙地编进了故事里，其意图有可能就是为了驱赶自己心中那个爱恨交加的魔鬼。现在她手上戴着安德森送的戒指，要是安德森读到这个故事的结尾肯定会哈哈大笑的。艾米丽看不起爱德华，叫他“可怜的病秧子”。而现实中，在这场三角恋中获胜的却是病恹恹的女作家，她的身体状况并非障碍。

在我心里，斯特拉·本森婚姻早期的安逸生活是她创作生涯的沃土。评论家趋向于青睐安德森被派往中国任职后的1925—1927年那段时间，她随他去了那个“冬天……主宰着他的小奴隶”的地方，而旅行则意味着要经受严酷的考验。他们待在一个叫龙井村的地方，现位于吉林省，她只有为数不多的宝贵机会接触讲英语的同胞，因此不得不忍受那些思乡心切、嗜酒如命的朝鲜厨子与日俱增的古怪行为。在接下来的第二个冬天，斯特拉·本森去了旧金山，东北荒原起初定格在她心里的恐惧终于有所缓解，她写道：

在我两年前到达满洲的时候，那好像是进入了一场噩梦。在我看来，从来没有火车使人这么遭罪，冷风阵阵，乘客脏乱，座位不适；车窗外黄褐的地平线光秃秃的，没有一棵树。每个车窗飘进来的都是冷冰冰的灰尘，从车门里上来的是吹毛求疵的日本警察。

——斯特拉·本森著，《世界中的世界》中

《别了，满洲》一文

在孤独绝望的晚上，斯特拉·本森就读《圣经》，恰好翻到了《旧约》中托比特人的故事。她意识到那些古代被流放的犹太人和漂泊到中国东北的白俄罗斯人颇为相似，于是有了灵感的火花，创作出了她成书中篇幅最长的小说《被流放的托比特人》（1931年出版）。该书主要依据的是她在自己日记中的记载，被认为具有国际意义，因而获得了法国的费米娜奖。其粉丝常引用这一点来证明，要不是英年早逝，她的名气肯定会更大。

除了这些批评家的褒奖，安德森夫妇以前在云南蒙自的逗留也值得一提。在那里，斯特拉·本森没有创作出前面那样的小说，虽然那里的生活没有东北艰难，但新婚的斯特拉·本森还是备受折磨。北京、香港甚至重庆都是外国人常去和逗留的地方，没有几个传教士或海关官员像她丈夫一样喜欢待在中国西南这样偏僻的地方。读她在云南时的文章和日记，我从内心理解了这位英国女性和奥地利人约瑟夫·洛克的区别。约瑟夫·洛克当时住在更远的漓江北边，他是一个猎奇的植物学家，也是一个让人尊敬的语言学家和词典编者，曾编辑过那个地区少数民族（包括纳西族和摩梭族）的珍贵语言词典（他实际上删掉了这两个民族，主要是因为其难以启齿的母系氏族部落）。约瑟夫·洛克以理智甚至是清高出名，而斯特拉·本森则是想融入到当地陌生的环境中去，人们很容易原谅她的瑕疵。比如她注意到汉人盲目自大，不信任彝族人，而聚居在一起的穆斯林在当地的阶层中更加边缘化了。

在斯特拉·本森的笔下，云南每天发生的事情都是新奇的，而她那天真的眼光让这一切栩栩如生，多姿多彩。在描述蒙自的这一段中，她说之前没有注意到当地的美食和享乐，还为这里没有昆明那样的文化和大理那样的矿产资源而感到惋惜：

> 在很多方面，我们所在的蒙自是一个简朴的小镇。没有豪华的庙宇和宫殿，我们这儿的伟人外人不知道，我们的士兵没鞋穿，我们的商店里没有珠宝和瓷器，泥泞的街上只有叫花子和猪。但有一点让我们骄傲，我们有自己的地狱（伦敦没有地狱）。
>
> ——斯特拉·本森著，《世界中的世界》中《玩偶》一文

蒙自的地狱不是指人的精神状态，而是指一个很大的佛教寺庙，里面缠绕在一起的蟒蛇和厉鬼的雕塑与重庆大足石刻和西安大兴善寺里面的类似。让斯特拉·本森印象颇深的是庙里游人到达“冰窟”和“阴间”时的指示牌，那些拿着香匆忙而来的小脚老太太仿佛不知道里面雕塑的含义。即便如此，作者在描述那些为了求子而不顾一切的女人时还是写得很辛酸。她们把鞋恭恭敬敬地放在一个自己认为是观音的蛇

模样的神前面，然后买蜡做的婴儿，蜡像上还带着制作者的脏手印，还有一丛类似毽子的鸡毛。斯特拉·本森没有说她买了没有，也许她和这些人一样想成为母亲，不过没有在文章中写自己罢了。虽然她对宗教持怀疑态度，但观音的形象确实让她着迷。在美国度蜜月的时候，她出版了一部独幕剧，里面有一个场景是僧侣和侍僧朝拜神龛里的观音，他们祈求她要记得同情：

> 那些失去了爱和爱已破碎的人，
> 所有在太阳下缺少自己所爱的人，
> 所有在月亮下因缺爱而呐喊的人。
>
> ——斯特拉·本森著，《观音》

舞台后面的雕像依旧沉默着，出于对神的信念，信仰者的感情是宽宏大量的。我们不知道信仰本身是否可靠，而且作者知道自己也没法对此做出判断。

在斯特拉·本森生命的最后一段时光，她与安德森从东北来到了气候温和的南宁，然后又与在香港的外国同胞重逢。广西当时是政治动乱的中心，蒋介石的支持者和反对者之间的冲突时有发生。安德森先生作为外国政府代表并不受欢迎，两边都有理由瞧不起他。虽然夫妇二人面临的是不同的冷嘲热讽，但重新回到英国的殖民地却没有被暗杀的威胁。有一段时间，人们认为斯特拉·本森的玩笑带有恶意，其他军官的妻子如贝娜·索瑟恩（她是弗吉尼亚·伍尔芙丈夫伦纳德的姐姐），就学会了树立一个温文尔雅的形象，她偶尔发表一些略有正义并与当地中国人互动的文章。斯特拉·本森在私人信件中对自己的好朋友发怨气，说没有知识分子把这儿标榜为“十等男人娶了十一等女人的小岛”（这明显是在开玩笑）。她的这句话是她去世后才被刊发的，但历史学家对此迄今仍有争议，认为这是世界大战期间的陈词滥调，是心胸狭隘者的歪曲。斯特拉·本森自己在殖民地的工作明显带有慈善色彩，她参加了“国际联盟”为了证实买卖妇女从事性服务而发起的实证调查。她撰文给英国的《广播时报》，貌似奉承实则批评香港那些热衷于体育和酗酒、试图往上爬的阶层。有一篇反驳她的文章，毫无疑问是出自一位觉得自己也被影射其中的行家，她写道：“本森女士在殖民地，和其他军人的妻子一样不过是只过往的鸟儿，在她短暂的逗留期间，她几乎没有和我们共同生活过。”这封信甚至上升到了个人恩怨，认为斯特拉·本森是个“脆弱的小女人——头脑比身体健康”。不幸的是这句话应验了，此后不到 18 个月，她就去世了。

颇具讽刺意味的是，尽管英国本土同胞对斯特拉·本森的称赞溢于言表，但那些熟知她在中国第一手资料的人却并非如此，甚至连溥仪的英文老师庄士敦也批评她对香港的责难太过分了。这两人之间其实没有什么过节，但这个声名显赫的人似乎不愿为她唱高调。斯特拉·本森去世后，人们把她奉为大英帝国感受中华民国的代言人，但这完全违背了她的意志。她过于不同凡响，不能代表任何一个群体的感情。她的贡献巨大，也具有深远意义。她用天真的眼光打量中国，不愿干涉中国的政治，从内心喜爱中国多姿多彩的民族、习俗和风景。

图13　斯特拉·本森

第九章

毛主席和他的英伦女“粉丝”

我们走到了大街上，让我惊讶的是毛泽东没有住在山上的窑洞里，而是住在城墙里面的西边。我们下到一个狭窄的巷子，来到一座大门前。轻轻地一敲，门忽的打开了，里面站着一位端着汤姆逊冲锋枪的战士。院子四周有墙，中间有一口井。我们走到一个砖砌台子，那里的门口站着一个穿羊皮袄的战士，贴身的是一把我这辈子也没有见过的大刀，看上去令人生畏。我们走进去，毛泽东走过来伸出了手。

他身材清瘦，耳朵上部扁平，和我以前见过的人都不同；中分头，头发黑而浓密。他手指纤细，手型很好看，举止稳健，言谈平静。我原想会遇到一个外表火热、强悍的人……

毛：你是共产党员吗？

作者：不，我不是。

毛：你为什么想让我来回答这些问题？

作者：听到关于你和游击队的事很多，我想亲自来看看。这些问题除了在你这儿得到答案，在其他地方和别人那儿得不到。

毛：听到我什么啦？

作者：当然只是宣传，有支持的，也有反对的。

毛：说我好的有啥？

作者：说你了不起，你是在改善中国成千上万人的生活，你做的没错。

毛：你听到不好的有什么？

作者：说你在有些城里屠杀了40岁以上、8岁以下的所有人，说你是个强盗，是个恶棍。

屋里的每一个人都默不作声，但在我的话被翻译的时候，站在我们后面、背着大刀的人动了一下。我说话的时候，毛泽东的肌肉未动一下，但他的眼睛盯着我，然后突然笑了笑说："不，我不吃孩子。"冰冷的僵局就被打破了。

——维奥莉特·克雷西－马克斯著，
1940年出版的《中国之旅》，第163页

埃德加·斯诺成了第一个采访毛泽东的外国人，并宣称自己得到了"世纪独家新闻"，这引起了多方的不满。让那些"中国通"气愤的是，他这样一个汉学门外汉竟会获此殊

荣。其他一些在此领域竞争的人，如他的同胞艾格尼丝·史沫特莱，就感到不爽，就像被人揍了一顿。也许是为了回敬斯诺，史沫特莱在延安建立了自己的战斗堡垒，虽然色带和纸张有限，但她还是尽量在便携式打字机上敲打出更多的文字。她和朱德之间的友谊在“同行”中被认为是跨文化的典范，而她与毛主席本人的交往也是当时人们的热门话题。随着红色阵营在陕北十几年来的发展，不少外国记者勇敢穿过黄土高原上的险道，来到了革命圣地。他们的文笔渐渐地改变了毛泽东的意识形态谣言和他在中外对手中的印象，另外，这些记者的报道现在依旧闪耀着耐人寻味的光芒。当毛泽东和这些形形色色的来访者见面时，这些人的个性差异也时常引起人们的兴奋。有些人意识到了他的伟大，认为即便他不能改变这个世界，也会改变这个国家的命运。对于另一些人，如维奥莉特·克雷西－马克斯来说，毛泽东的脸上刻着艰苦斗争的压力，他们觉得自己见到的就是一个普通的人，而不是神。

本文将详尽阐述维奥莉特·克雷西－马克斯访问延安时的背景，其主要内容是她和毛泽东一起度过的五个小时。我们将把她的经历和另外一个颇有社会地位的英国女人、当时英国贸易部的部长斯塔福德·克利普斯爵士的妻子伊泽贝尔·克利普斯女士的经历做一比较。对于维奥莉特·克雷西－马克斯来说，旅行的诱惑让人陶醉。虽然已有家室，但她却好几次艰难地穿越地球，去探索那些她听人提起过但却无人涉足的异域角落。而伊泽贝尔·克利普斯夫人则是一个坚定的社会主义者和国际主义者，与伯特兰·罗素和李约瑟有一定的共识，并在慈善团体“英国援华会”的支持下，几年后来到了中国。她的目的很明确，就是为战乱中的中国提供支持。进而，共产党人热忱友好的态度和英国客人的热情回报，显示了双方都意识到有必要在当时西方的英国执政党工党和东方即将夺取政权的革命党之间建立一个联盟。

从表面看，维奥莉特·克雷西－马克斯的冒险不成功。她在那时就是一个普通的外国记者，和当时有名的作家，如海伦·福斯特·斯诺、玛莎·盖尔霍恩和项美丽[①] 相比，她的影响力显然不是很大。照片中的她通常是身着黄褐色外套，戴一顶钟型圆帽，打扮得像是英国乡村教堂里的风琴手。她最惹人注目的地方也许是她的复姓，那来自于她与一个军官短暂的第一次婚姻。维奥莉特·克雷西－马克斯出生在伦敦南郊西威科姆一个平民家里，原名为维奥莉特·拉特勒，在第一段婚姻结束之后，选择嫁给了沃特福德一个叫弗兰克·费希尔的农民兼肉类批发商。等到她第二次结婚的时候，她已经从开罗去过开普敦，穿越过阿尔巴尼亚和巴尔干半岛，坐着雪橇从拉普兰去过俾路支，划木舟到过亚马逊河流域，去过阿拉斯加、爪哇、西藏和克什米尔。也许从伊莎贝拉·伯德之后，没有哪个英国女性像她那样旅行过。于是，弗兰克·费希尔

① 项美丽英文原名 Emily Hahn（艾米丽·哈恩）。——译者注

成了为她拎包的人，有时不得不和她一起旅行。两人的中国之旅在1937年至1938年成行，他们从缅甸的曼德勒进入中国。费希尔似乎一直在旁边抱怨，他接受了去延安的艰辛，但却拒绝去青海湖冒险。

克雷西－马克斯和弗兰克·费希尔的陕西之旅揭示了当时中国陷入的独特僵局。“西安事变”大体上恢复了这里的秩序，那时对这个内陆省的最大威胁是日本飞机的轰炸。这从一开始就很明显。载他们来西安的飞机在这个古都上空盘旋了几圈，飞行员才觉得可以试着安全着陆了。接下来的几天里，不时有防空警报，人们不得不躲到附近花园的水沟里，直到警报解除才能出来。在这方面，克雷西－马克斯比一年后来西安的两位同胞诗人克里斯多福·伊舍伍和W.H. 奥登幸运。为了给《战争之旅》(1939年出版) 搜寻素材，这两人不得不从一个防空洞跑到另一个防空洞，但也只是看到了地下的部分间谍网络，了解到了最近几次的政治谋杀背景。而克雷西－马克斯则感觉到自己是待在一个著名的乡镇里，世俗的追求代替了古长安的辉煌。厌倦了现在城市里的拥挤和空气质量差的居民也许会发现，自己渴望的是往昔美好的田园风光。

到达西安几个小时后，人们便会从早到晚都听到一种声音，那就是堆满货物的手推车的咯吱声，一根连着两个车辕的绳子套在可怜的推车人的脖子上。我觉得此乃这个城市的一大特色，离开这个城市去了别处，人们不禁会怀念这种声音。但我见到他们却永远没法无动于衷：车上那么多东西，推车人的头低垂在两肩之间，想方设法地推着独轮车平稳前行。虽然地上有雪，但他们的脸上却汗流如注，只有那个独轮在咯吱咯吱地抗议着……繁忙的邮局外面的阳台下，坐着几十个代人写信的人，大都是老者，戴着眼镜。不识字的人来后，要么是自己口述，由人代写；要么就是写信的人聆听顾客的冤屈，然后像顾问或律师那样为人代写适当的“量刑治罪”申诉。

——维奥莉特·克雷西－马克斯著，

《中国之旅》，第 110—111 页

在今天这个几乎没有文盲的时代，钟楼周围的写手大多会向行人要几元钱，糊弄人怎样来写自己的签名。在含光门和朱雀门依旧有她描写的理发店，不过现在的顾客显然都是年事已高、头发稀少的老人了。

维奥莉特·克雷西－马克斯自认为很幸运，因为她看到了昭陵六骏中未被盗走的四骏，参观了碑林，全程见识了一位客店老板女儿传统的花轿婚礼，还与一位在旅馆旁边搭帐篷住的街头药贩子夫妇交换过物品。在去城外的华清池和秦岭时，随处可见的野生动物让她吃惊。虽然盛传终南山是豹子的家园，而她遇到的最让人害怕的动物，用她的话说不过是不让人待见的“硫黄腹鼠”[①]。

在去陕北前，克雷西－马克斯在西安的店老板中引起过一阵恐慌：为了找到一个拍摄城市风光的好角度，她曾经爬上店家在钟楼附近的屋顶。店家不得不把她从“摇摇晃晃的梯子”上哄下来，但在知道她是一位彬彬有礼的女士、并无什么威胁后，当地人就不停地拿茶款待她。她拒绝单独向当地警局报到，怕警察没收她宝贵的相机，但后来当她拿到盖有林伯渠主席的橡皮公章批文后，这种无视也就不算什么了。不久，她就搭上了一辆卡车，去寻找自己要找的人——八路军。很多与她同车的人都是第一次来了省城后回家。坐车经过三原和洛川让人难受，因为路上一直有人因为晕车在吐。

作为一个对社会主义梦想并不是过度迷恋的坚定爱国者，克雷西－马克斯对延安共产党根据地的观察读来也只是偶尔有些见地。不论何时，每当人们问到她的政治观念，她就会提到即将到来的欧洲战争幽灵，并极富预见性地指出这需要丘吉尔走出眼下的迷局，让全国人们团结起来对付共同的敌人。她和毛主席谈话被编辑过的记录有种暗示，即毛主席的兴趣在于聆听这位客人谈她自己以前的历险，而不是想知道她对这个由共产党建设的根据地的看法。克雷西－马克斯说过，整个谈话肯定“读来乏味”，毛主席特别感兴趣的是克雷西－马克斯在 1928 年的寒冬，驾着驯鹿拉的雪橇，在北极圈穿越

① 即人们常说的社鼠或白尾巴鼠。——译者注

苏联和芬兰国界的经历。他们两人都认为，虽然眼下还不是十分太平，但相对来说，到中国还是比较容易，而到沙漠地区和北极所面临的挑战则比任何旅行都大。当时苏联政府对这位政见不同的英国女士很友好，非常支持，这让毛主席感到十分惊讶，但也很高兴。尽管如此，毛主席却马上否定了是他把苏联的意识形态输送到中国来的说法。毛主席澄清说："因为俄国是个社会主义国家，所以我们视其为我们的大本营，罗马天主教同样也这样看待罗马的梵蒂冈。正如在英国你们有自己的党一样，我们在中国也有自己的党。"在毛主席看来，共产主义的胜利将会见证马列主义原理与孙中山"为人民谋福祉"的信仰相结合。

虽然克雷西－马克斯感到毛主席有一种低调非凡的魅力，但他给这位客人留下深刻印象的依旧是他明显的战略头脑。《中国之旅》中最有趣的一段是作者在延安一个改为俗用的教堂里，坐在普通的干部和战士中间听毛主席演讲的经历。起初，她以为毛主席可能会有些尴尬和不适，因为这儿似乎依旧是拜神的地方（墙上有关基督生平的东西还没有被白灰涂掉，只不过是随意地用宣传标语遮住了）。但当毛主席站到讲台上后，下面是一片寂静：

我觉得毛泽东是我所见过的唯一没有手势的演讲人，他讲了三个小时，手一直倒背在后面。他面对听众，没有手稿。外面一片漆黑，里面只有台子的前面挂着一两盏灯，大厅的其他地方都是黑的。在我的周围，庄严的面孔和严肃的目光一直不离毛泽东的面庞，安静得掉根针都能听见。他回顾了国内外的局势，阐释自己的目标，表示如果抗日联合统一战线能够持续下去，就会让日本侵略者目瞪口呆，为中国带来幸福快乐、永久和平的局面。他讲话时一直都特别冷静，声音不大但却很清晰。怪不得人们都崇拜他，他是他们的领袖，他们尊重他，无条件地接受他的信仰和建议。只要毛泽东活着，中国共产党肯定就会完全由他引领指导。

——维奥莉特·克雷西－马克斯著，

《中国之旅》，第 188 页

虽然克雷西－马克斯宣称不关心政治，但她却颇有卓见，认为只有丘吉尔能当战争时期的领袖。她对延安生活的某些方面大加赞赏，特别是被她称之为“红色阿玛宗女战士”的女人[①]。这些女人一手拿锄头，一手带孩子，把母亲、劳动者和社会主义思想新人的角色平衡得天衣无缝。她最终的确也认可了这种崭新的、不屈不挠的革命生活方式，同时也认识到这种生活只能存在于中国，而非其他地方。

我发现研究不同国家的共产主义就像研究不同的宗教，

① 阿玛宗人（Amazonians）是古希腊神话中一个由英勇善战的女人组成的民族。阿玛宗的名字带有“无乳”的意思，因为她们为了拉弓射箭的方便，把妨碍拉弓的右乳给切除了，其意思相当于人们今天所说的“女汉子”。——译者注

基本特点都是理想、纪律和通常由于无法解释的“人为因素”所造成的、与现实有一定距离却又强大的目标，这就常常迫使纯粹的理论空想家变得更加现实，而政策的修正则会带来更大的成功。也许出于人类固有的善良，总有支持者为崇高的理想和事业奋斗，并做出一些必需的牺牲。

——维奥莉特·克雷西－马克斯著，

《中国之旅》，第 195 页

这是一个国际旅行者而非政治评论家的反映，维奥莉特·克雷西－马克斯描述的延安既不是共产主义传奇中的“乌托邦”，也不是国民党所诽谤的“土匪窝”。在那里，人们工作奋斗，只要一叫木匠，他就会马上给你修好坏了的窗户。在那里，不论级别，所有的人都蹲在一起露天吃面条。

维奥莉特·克雷西－马克斯在 1943 年重返中国，在重庆做了两年英国《每日快报》的战时通讯记者。在她被派到远东当记者时，英国民众对中国命运的兴趣陡增。虽然人们的爱国情绪依旧高涨，但不时也有人为中国成千上万的人所遭受的不同欺压而感到义愤填膺。1927 年上海暴动发生时，英国国内有好多人谴责国民党试图借用英国军队来清洗所谓的“共党危险分子”的行为。伯特兰·罗素的妻子多拉·罗素曾向聚集在伦敦中心的志同道合的游行者发表演讲。据她在回忆录《红柳》中记载，20 多年过去后，她很欣慰地发现上海革命博物馆展出的剪报中，有她积极参加“别纠缠中国”运动的报道。

对中国的同情虽然不是一边倒，但在英国政坛左派民众中却最为强烈。“别纠缠中国”运动的支持者包括在1926年12月为了中国的自由而创建英国劳工委员会的塞西尔·莱斯特兰奇·马隆（Cecil L'Estrange Malone），他是第一位当选议员的共产党人。他抨击人们一贯觉得中国人威胁英国经济的陈词滥调。他的宣传册《中国的奴隶制度》在结尾处号召人们团结起来，因为“中国的苦力意味着英国也有苦力的工资和失业”。在支持把中国革命认定为是朝着进步的方向发展上，力度最大的是1937年埃德加·斯诺出版的《红星照耀中国》[①]。该书最初出版时，在英国遭遇的敌意比在美国少，人们一致认为它描绘出了正在崛起的中国共产党的人性面孔。该书的销量就是一个明证。它大约售出了10万册，大大超过了维克多·戈兰茨左翼读书俱乐部系列的其他图书。这一成功似乎让出版商自己也相信要支持以后的援华活动。

在20世纪30年代末，“英国援华会”（The China Campaign Committee）成为支持中国的主要机构，但其支持方式却一直是人们争议的焦点。有关怎样看待共产党政权与合法的国民政府之间的争论，随着抗日民族统一战线的建立暂时平息了。援华会的一些成员有意把部分资源用来支持小范围的合作运动，并直接介入了改善普通工人生活的活动（如从1942年起的“工合”）。

① 《红星照耀中国》（*Red Star Over China*）的中文版名称为《西行漫记》。——译者注

但援华会还是整体坚持抵制进口日本货，并谴责那些公开支持英日合资企业的人。到1940年，在“英国援华会”的赞助下，3000多个项目在中国得以启动，包括一些地方分会赞助像萧乾这样的文人做巡回演讲。萧乾的书中拆散了浪漫的神话传说，没有古色古香的华夏，而是现代中国的味道，对当时的中国极有指导意义。

然而颇为矛盾的是，随着蒋介石领导地位的越来越不稳定，“英国援华会”的作用实际上被一个大家认为对蒋政府敌意少的组织给篡夺了。“英国联合援华基金会”（British United Aid for China Fund）的出现使局面有所改变，把轰轰烈烈的行动变成了传教士年代守旧的家长式说教。1942年7月7日该基金会发起了一场活动，起初是呼吁筹集25万英镑，为10月10日的中华民国国庆献礼，但这场活动后来一直顽强地延续了下来。到1947年初，该活动已经筹到了150万英镑，而全国劳动委员会还在准备更大的一笔捐款。然而，不久之后，“左”派人士对“英国联合援华基金会”的失望就被摆上了明面。“英国援华会”的老成员很恼火，因为有几份传单赞扬蒋介石夫妇传说中的基督教信念，暗示中国的问题有可能通过强有力的精神领导而得到调和。“英国联合援华基金会”的大部分资金流向了国民党掌控的银行账户，而红色政权所在的地区无法动用。有些代表性的文献也没有完全把中国描述为一个可以决定自己未来的现代国家，最糟糕的是“小王在端着碗讨饭要钱”的标语，激怒了在英国的中国人。

“英国联合援华基金会”多样联合的凝聚力，与其受人尊敬的会长伊泽贝尔·克利普斯夫人有很大关系。她的丈夫是工党的政治家斯塔福德·克利普斯爵士，她与丈夫是公认的基督教社会主义人士，并负责处理大英帝国的遗产。这对夫妇的朋友遍布全世界，作家韩素音便受其资助学医。她回忆说，这对夫妇的生活十分简朴。虽然克利普斯爵士出身于豪门望族，他的夫人也是实业家庭的闺秀，但这对夫妇的大多数时光都是在距国会大厦不远的一所简朴的公寓里度过。他们拒绝添置厨房：

他们两人都是素食者，不相信熟食，把食物保存在浴室里的冷藏箱里。

——韩素音著，《寂夏》，第 12 章

丈夫是个演说家，而克利普斯夫人则是他专注的听众。因为：

伊泽贝尔相信思想的传播像无线电波一样，可以给远方的人带来慰藉，具有救治的影响力……她的执着总是那么心平气和，战胜了反对她明智目标的人。

——韩素音著，《寂夏》，第 12 章

克利普斯夫人的执著为她在战乱的中国之旅提供了极大帮助。1940 年第一次到中国的时候，斯塔福德·克利普斯爵士注意到他们夫妇俩的观念被人们当作怪谈。他吃素是因为健康问题（因为他除了慢性结肠炎，还有其他疾病）而非是因为信仰，但蒋介石夫妇并不明白为什么一个人既不是佛教徒，也不是农民，却要拒绝吃肉。

6 年后，克利普斯夫人也进行了中国之旅，她丈夫（当时已是贸易部长，不久就成了财政大臣）的地位飙升，而蒋介石政府却开始走下坡路。与她同行的伊丽莎白·V. 莫尔（Elizabeth V. Moore）在书中详细记载了此次旅行，其书名为《和克利普斯夫人一起去中国》（*We Go to China with Lady Cripps*）。包括克利普斯夫人女儿佩吉在内的访华团在香港上岸，在那里他们搭乘的是蒋总统的私人座机“美龄号”，这是一架双引擎 C–47 运输机。飞机的同名主人接他们去了南宁，并不停地发表宏论，赞扬克利普斯夫人的勇敢精神，同时希望客人不要过于劳累。克利普斯夫人送给蒋夫人的礼品是甜点雕花玻璃杯，给夫人姐姐的是一套有皇家气派的伍斯特式餐具，而给其丈夫的腕表则和乔治六世国王戴的一样。显然，夫人阁下没有意识到给一个中国男人送钟表作为礼物的消极内涵。

访华团的行程包括参观中山陵、四川的盐厂和路易·艾黎（Rewi Alley）与乔治·何克（George Hogg）在甘肃创办的山丹培黎学校。克利普斯夫人的政治意识色彩时有显露，如在参观一家制造厂的时候（她和丈夫在英国时常进行这项活动），她欣喜地说：“告诉你们的中国同胞……他们在英国的工厂有很多朋友。这个我清楚，我去过那里。”不过，蒋大总统是否会允许用“美龄号”或者是其姊妹机“美龄 2 号”送访华团去陕北的红区，这一问题尚存疑虑。克利普斯夫人敏锐的意识告诉她，这样的请求可能会让蒋没面子。美国的马歇尔将军很明智，他让访华团改乘他的飞机。

访华团在延安的访问被制成了一个两分钟长的无声“百代”新闻纪录片[①]，题目为“来自中国乡村的景象”。不知何故，这个纪录片没有按预定计划在商业影院放映，但却大概显示出了克利普斯夫人和同伴的见闻：早在没有见到毛主席前，江青就接待了来访的客人；神采奕奕的马海德博士［马海德英文原名为 George Hatem（乔治·哈特姆）］负责的妇产科医院里，人们把婴儿用绷带捆起来称体重；秧歌舞传达出抗日和反对帝国主义的精神；最后的镜头是一个中年人在选举中投票的场景，他大概刚刚认字，只能用一根烧着的香在选中的候选人名字上点一下。现代读者也许不关心《和克利普斯夫人一起去中国》矫揉造作的文风，但伊丽莎白·V. 莫尔喜欢在作品中即兴提问，通过自己和读者间的一问一答，来解释教育和医疗培训制度。她也喜欢运用在英语里被认为是陈词滥调的语句。她对共产党根据地总体概况的解释是：

只有把我们自己投入到这样的原始生活中，我们才能完全体会到延安给人的浪漫和激动。这里我们面对的生活几乎“荒

① 百代（Pathe），1896 年建立的一家法国电影公司，创始人为查尔·百代和爱米尔·百代兄弟。——译者注

蛮如初”，人类又一次回到了最初的状态：用双手从土里刨食。

——伊丽莎白·V. 莫尔著，

《和克利普斯夫人一起去中国》

更加简练的记录是在新闻片里，更全的记录在诸如冈瑟·斯坦（Gunther Stein）《红色中国的挑战》这样的作品里。尽管如此，在红色腹地的这三天里也有空袭不时地打扰。然而有趣的是，日本人在不知不觉中帮助了共产党。他们投在附近的哑弹，被回收制造成了印刷机的滚筒，用来印刷类似《解放日报》这样的出版物。

《和克利普斯夫人一起去中国》的作者没有被允许旁听访华团团长克利普斯夫人和毛泽东在其所住窑洞的谈话。在克利普斯夫人同当地人的谈话中，她坚持自己的组织在中国内战中立场公正。她这次访问的使命有很大的实际调查任务，就是要看看英国的援助是否到了解放区，以及需要怎样在这里发挥作用。然而，有两点显示出克利普斯夫人与毛泽东的关系远比与蒋介石夫妇的关系融洽。首先，代表团的记录一直在想方设法地证明延安的制度卓有成效；其次，在代表团到达的时候，他们发现在卡尔·马克思的画像旁边，摆着一副英国首相克莱门特·艾德礼的巨大照片。艾德礼是反对帝国主义的社会民主人士，但与公然承认是马克思信徒的人们的观念截然相反。要是他（艾德礼是斯塔福德·克利普斯爵士的上级和朋友）看到自己的照片被摆在这样荣耀的地方，肯定会感到受宠若惊的。

这三天访问行程的结尾同样引人注目，访华团参加了一场陕北民歌和颂扬解放的音乐会，爱国和社会主义情感的融合，似乎让客人更加陶醉了：

……最后一个节目是《黄河大合唱》，作曲家是一位留学巴黎的年轻人，去年在莫斯科去世了。当乐队出现的时候，我们都有些不敢相信自己的眼睛。他们到底是从哪儿搞到这些乐器的呢？他们是从前线走私来了低音大提琴和定音鼓吗？我们对此一无所知，但一切就在这里，和我们在自己国家音乐厅见到的一样，令人钦佩地排列在那里。指挥举起了指挥棒，合唱团和管弦乐队摆好了开始的姿势，西洋式的音乐带着完美的和谐迸发了出来。

大合唱分为：《黄河船夫曲》《黄河颂》《黄水谣》《河边对口曲》和《保卫黄河》等。由于知道黄河在中国的历史，我们原以为大合唱将会充满诅咒和责难。我们想象在第一乐章，船夫会抒发自己对把船冲到泥泞的岸边、然后再撕碎的大河的真实感受；《黄河颂》（我们以为）会说遍布的瘟疫；农民的《河边对口曲》则会说他们徒劳地想堵上河岸上的决口，对口的话也是经过了加工；保卫一词我们以为是印错了，应该是另一个诅咒的词。

然而，中国不是这样。一晚上他们都在高亢歌颂这个古老的对手，以让几百里之外滚滚不息的黄河听到。我们可以做证，要是黄河没有听到，那不怪作曲家、合唱团和管弦乐队，他们都尽到了全力。

——《和克利普斯夫人一起去中国》，第 182 页

一提到克利普斯夫人的中国之旅和旅途中的记录，人们心中闪现的第一个词就是“外交”。他们无须想象就能懂这字里行间的寓意，认识到共产党的胜利不仅势不可挡，而且近在眼前。然而，要是公开这样讲，肯定会引起“英国联合援华基金会”组织内部的反对。随着中华人民共和国的成立，外国的人道主义基金变得过时了。很高兴的是克利普斯夫人后来成了中英奖学金基金会的首任会长，但这个基金会的目标就不是那么宽泛了。她的职责是资助到英国学习的中国留学生，有意避开了中国政府的红线。

克利普斯夫人的自制被中国的接待人士看作是英国上流阶层有教养的标志。其他一些自愿访问过毛泽东的英国人，发现延安时代的毛泽东特别善于交际。传教士威尼弗雷德·加尔布雷斯和曾国藩的重孙在湖南开办了一所女子学校，她在 1938 年春天访问延安时，张嘴就是流利地道的湖南话，这让毛主席吃了一惊。由于不用翻译，毛主席问了她好多普通问题，诸如她为什么选择来中国？为什么到现在还不结婚？加尔布雷斯胆子大了，看到机会来了就谈起了要害问题：

“你为何到这儿来？”毛问道，他直直地盯着我的脸。

“为了给穷人传福音，治愈破碎的心灵，解救迷途的人，

让盲人重见光明。”

这些话让毛很吃惊，他让我再重复了一遍。

“这和我们的目标并非大不一样，”他说，“基督教真的是在这样做吗？”

我告诉了他中国的一些教堂为全人类所做的一些努力，最后他说：“是啊，我以前确实认为你们外国人都是资本主义侵略者，但现在我开始改变我的想法了。”

——威尼弗雷德·加布尔雷斯著，

1940年出版的《逆天者》，第88页

两个人的谈话无拘无束，他们第二天早饭后又见面了。这次毛选择的是争议较少的话题，包括为什么温莎公爵（爱德华八世）为了娶一位离过婚的美国女人而放弃了王位。我认为经过艰苦卓绝的“长征”、抗日战争以及与国民党的争斗，这几位英国同胞身上的阴柔之美让毛泽东的思索更加深邃了。

第十章

上海顽童：韦尔奇和巴拉德

午后的懒散中，一切静无声响，风吹过时，只有低矮的树丛发出吱吱声，犹如在喃喃抗议。一缕缕的尘土和沙子从地上腾起，翻卷着展开在空中盘旋着，粗糙的草叶芒钻出了沙地。鞋底开始烫脚了，我徒劳地四处打量着，想找个阴凉的地方。我喜欢这梦境般的寂静，想尽量在外面多待一会儿。我觉得要是继续走，就有可能找到一个凉快的地方。这条路通往山里，沙地上矗立的城墙像悬崖，炮塔和堡垒似荒废了的老房子，倒塌在大海里。

我继续走着，眼睛紧盯着前面的一个黑点，我怀疑那可能是蹲在路中间的一只猫，或者是一块黑石头。等走近了些，一群苍蝇突然飞了起来，我看见那东西不是黑的，而是粉红色的。讨厌的苍蝇在其上面愤怒地盘旋着，嗡嗡声如发电机。我低头想看看到底是什么。我傻傻地看着，直到我麻木的感觉瞬间又恢复了正常。接着，我跳了回来，喉头一干，胃里翻江倒海。

那东西是个人头，鼻子和眼睛已经被吃掉了，黑头发结了块，成了带着尘土的灰色。黑嘴大张着，里面怪异的白牙像一排柱子突了出来。脸颊和皱缩的嘴唇被干血糊成了黑色，我看见两只耳朵里都长出了长毛。

因为太可怕，不管向哪里看，我的眼光都会转回来。我看着那阴森森的眼眶，直到难受得要吐。然后，我跑开了，整个平原和光秃秃的山脉一下子变得恐怖起来。

我发现自己跑在河岸中间，很快就要到一个村子了，已经有了耕地。听到第一声野狗叫后，我转过身来，沿着来路往回跑，不得不再次经过那个人头。

我在没有路的沙地上朝着城墙跑，尽量想避开那个人头。我的双脚陷进了沙子里，鞋里灌满了沙子，变得沉甸甸的，我唯一的想法是回到院子里。

城墙的阴影下，野草又高又密，干叶锋利如刀刃。我推开草丛穿了过去，望着高耸的悬崖，想找到爬上去的城门或台阶。除了昆虫似乎没有别的活物，我只能听见昆虫的嗡嗡声和它们撞在墙上的噼啪声。

没有门，我开始感到绝望了。我朝着一个堡垒跑去，想着能否爬上去，但我知道我爬不上去。

就在那一刹那间，我突然地一抖，意识到那院子就根本不在城墙里边。这种感觉是如此强烈，以至于我都没有了愉悦感。我瘫倒在地上，感到非常疲惫。我躺在那里，让凝视的目光穿过草丛的缝隙，用手撕着一朵朵野白花的花瓣。

“爱与不爱，花落花开。”我喃喃自语，重复着小时候从别人家的法语家教那儿学来的儿歌。花瓣剩下的不多了，我手心里的花蕊忽然让我想起了那个上面落满了苍蝇的人头，我永远也不会知道那人是怎么死的。

——登顿·韦尔奇著，《处女航》，第二十一章

登顿·韦尔奇很让人同情。从表面上看，这个英国少年一点儿也没有想到，在开封城外的一片普通田野里，会碰到一个被人砍下的人头，被人像扔苏打水的空罐一样抛掉。他不知道，这个人是被人谋杀的，处决的，还是寻食的动物从坟地里刨出来的。不论这个可怕的发现背后的故事如何，韦尔奇把这个自己成长的情节编织进《处女航》（1943年出版）中无疑是一个比喻。为了买到正宗的古董，怀着亲身体验中国的愿望，他来到了宋徽宗曾经居住的都城，走进了张择端《清明上河图》的画卷里。

韦尔奇的确是个不可救药的闹剧制造者。人们很难想象出生于1915年的人，即便是富豪的宠儿，到了青少年时代也未必会认识到所受的伤害和道德层面的缺失。我爷爷那一辈的英国人现在活着的没几个了。他们总会愤愤不平地对晚辈讲

述第一次世界大战结束后的情形，说当时英国一下子到处都是退伍回国的军人，多数人四肢不全，不幸负伤，或者是德国人毒气的受害者。死亡笼罩着大地，从某种情形上讲，西线战场的恐怖让人们认识到生命是多么的脆弱。韦尔奇对死亡的过度敏感透露出其作品的意图，那就是他执意改变与缓和对现实的回忆，以便使自己的叙述迎合国外天真的读者。从这方面讲，他的回忆录和巴拉德讲述自己在上海的童年成长经历截然相反，巴拉德的策略显然与其不同。几十年后，巴拉德意欲在作品中展现主人公的天真热情，即这个孩子还太小，意识不到中日战争中人员伤亡的真正惨状。韦尔奇的神经质有点做作，甚至是假惺惺的。而巴拉德《太阳帝国》中的年轻主人公毫不掩饰自己对日本神风飞行员的英勇行为和其他荒诞现象的崇拜。巴拉德以吉姆不谙世事的稚嫩为中心，营造出另一种异国情调。

据我所知，目前还没有任何文学批评家对韦尔奇和巴拉德做过比较研究。人们趋于忽略韦尔奇的作品，认为其代表20 世纪的一种末流文学。毋庸置疑的是，虽然他还没有展示出自己能否成为一个小说家的能力就半途而废了，但他的眼光独特，善于捕捉国内生活的细节以及充斥英国乡间蜉蝣般的人生。而在很多学者眼里，巴拉德则是一代文学巨匠，是战后“恶托邦”小说的先驱。直到 20 世纪 80 年代，他一直都没公开提及自己是那个“帝国”的孩子。1986 年《太阳帝国》被改编为电影，导演是史蒂文 · 斯皮尔伯格（Steven Spielberg），虽然其早期作品中对施虐狂和恋尸狂的描述让初读者感到不舒服，但电影却让巴拉德的作品破天荒地一下子走红了。除了这些大差异，韦尔奇和巴拉德的年龄也是相差15岁，他们大致生活在同一个社会氛围中，两人也都敏锐地注意到了自己所旅居的中国是多么差强人意。

20世纪30年代的上海（或是今天的上海）一般激不起我的任何兴趣。我很同情傅勒铭[①]，因为他感到这个城市已经被以前来旅游的作家“写烂”了，觉得自己没有必要再去插上一句。早在几年前，英国记者亚瑟·兰塞姆（Arthur Ransome）就曾明确指责，并杜撰了“上海情结”一词来说明上海的英国人颇有一种唯我独尊的思想。他们自认为是大英帝国半独立的前哨，在一群相互叽里咕噜不知道在说什么的苦力中英勇树立起文明的标准。他们不用向英国的王室纳税，然而让亚瑟·兰塞姆看不起的是，这6000名居住在中国的英国人，在自己的利益受到损害的时候，却期望自己的国家为他们提供军事支持。亚瑟·兰塞姆还认为上海是“东方的阿尔斯特”，比喻上海和北爱尔兰一样，与在威斯特敏斯特的英国政府关系复杂。在上海的英国人觉得大多数时候他们是在“单干”，所以用一句玩笑话来讲，在中华民国时期印的“宣誓效忠”词里，这些

---

① 其英文原名为Peter Fleming，英国驻华记者和作家，著有《围城北京》（*The Besiege at Peking*）、《鞑靼见闻》（*News from Tartary*）、《刺刀向着拉萨——1904年英国侵略西藏详记》（*Bayonets to Lhasa: the First Full Account of the British Invasion of Tibet in 1904*）、《人们的客人——中国旅行记》（*One's Company: A Journey to China*）等。——译者注

人对上海这个地方（或者说脑海中的印象）的本能效忠，大大超过了对自己出生国土的效忠。

对于登顿·韦尔奇来说，上海是他逃亡路上的第一个绿洲。他的传记文章《我记得》开篇的第一句大胆陈述“我生在中国，但我不是中国人”。文章讲述了父亲旅居上海时，自己在英国寄宿学校的悲惨生活。韦尔奇出生在英国的一个城市，父亲是英国人，母亲是新英格兰人。欧洲爆发战争后，住在英国太危险，韦尔奇和他的哥哥就被送到了加拿大，和他们的外祖父母住在一起。6 岁的时候，韦尔奇回到了中国，从那时起上海在他心里就像是一盏文明灯塔。

我相信朋友告诉我的恐怖故事，有些逃学的孩子被吉卜赛人偷去，在马戏团里干活。那些孩子被剥了皮，然后又被缝上了狼皮。她说是嬷嬷讲的，为了吓唬孩子们不要离家出走或是逃学。

——登顿·韦尔奇著，《我记得》第 3 章

虽然在同一段文字中他承认自己轻信人言，比如朋友编故事说他用纸板做的钟表会走，有人神奇地在没结婚时就有了孩子，而他最爱听的是那些阴森可怕的传奇。他早期描写自己童年的故事很少涉及上海的实际情况。20 多年过后，他再动笔回忆这段经历时搜寻的是和母亲在一起时的感觉。母亲的早逝迫使他收拾行囊返回英国。韦尔奇的回忆录中最宝

贵的情节是他斗胆离开“大城市”，跑到了乡下的经历。韦尔奇夫人的镇定举止是应对所有恐怖的解药。在威海卫，他曾经目睹一个浑身是血的女人被四个男人绑着拖下了山。那个女人“无声的剧烈挣扎”刺痛了他的良心，但与母亲出去野餐的快乐很快就让他忘掉了这不愉快的事。同样，在他离开家人、跑到了一所荒芜的寺院时，他在一个裂开的棺材里看到了一个和尚的木乃伊，之后让他恢复平静的也是他的母亲。

理解《处女航》的密码也许在于登顿·韦尔奇的愿望是想找到在上海时和家人在一起的感觉。小说的前三分之一讲的是他怎样逃出了英国的寄宿学校。他故意让自己当时的所有监护人感到讨厌，直到父亲没有办法，同意他来中国。虽然这个调皮的逃学大王让人烦，老韦尔奇先生（在他那个时代，在他那个阶层，单亲男人这样的不少）还是没有动手打他，而是把儿子交给了居住在上海的另一家外国人——来自美国的菲尔丁一家。韦尔奇对寄宿人家神秘的宗教习俗以及礼仪讲究不屑一顾。这家人只认可基督教中的教诲，反对对任何疾病进行医疗干预，但菲尔丁太太晚上却像其他外国人喝酒那样大吃阿司匹林。

韦尔奇在寄宿家庭中感受到了无从言表、但却隐隐存在的好处，就是这个家庭中的女主人和他已故的母亲一样是美国人。住在法租界的菲尔丁家有“英国公园式的白色大门”，客人来访要走过“爱德华时代的哥特式走廊”。在韦尔奇的眼里，这有一种文明的外壳，与当地人保持着一定的距离。将这里称之为像子宫一样的空间有点过分，但这儿从某种意义上来说是他汲取东西方精华的好地方。这座外国人的白色别墅干净而整洁，没人能从中拿走任何东西。在这里安顿下来后，韦尔奇就想方设法地走捷径，加入到成年人的圈里去，欲成为一个中国古董玩家。不久，他就可以辨识宋代的单色釉茶具、侃侃而谈明代朱红漆器的光泽。这让成年人也感到吃惊，包括他养母在内，未吃镇静药时也是如此。

显然，韦尔奇陶醉于做个有审美眼力的鉴宝人，他能看出漂亮的古玩哪些有价值哪些没有。然而问题在于他自己尚不成熟，按捺不住怪异的本能，这就渐渐对他成年后有所收敛的性格构成了威胁。虽然嘴上不说，但在文字上这位年轻人对别人用自己的方式收藏东方的古董却出言不逊（用今天的话讲就是刻薄）。他主要攻击了一些百万富翁，这些富翁把从一个废弃的寺庙里拿来的东西用于重新装修游船的内部。

把中国的古漆器从寺庙里拆下来装饰船上的客厅，这不但愚蠢而且庸俗。我想象过这样做的情景：客厅饰金带银，金碧辉煌。我突然意识到这也很漂亮，客厅就像是被装在一个珠宝盒里漂在水上。天气不好的时候，船就会嘎吱嘎吱地呻吟，水浪犹如玻璃山，而用漆器装饰的客厅寂静而安宁，也许只有在绒垫上呕吐的京巴狗打破了这种宁静。

——登顿·韦尔奇著，《处女航》第 15 章

想象到这种怪异的情景，人们便会假设自己期望的现实

有些可怕，有点像毛姆笔下的英国女人对待中国屏风那样失礼。然而，自食其言的是他自己，韦尔奇自诩为文化饕餮族，殊不知这却暴露了他是个不成熟和肤浅的吹牛大王。

为了搜寻陶瓷和艺术品，韦尔奇在中国偏僻的地方旅行时遇到的冲动更为强烈。去了开封之后，他马上又去了南京。南京之行经历的精神升华，其意义一点也不亚于在开封碰到的人头之恐怖。有天清晨，他看到一个人从他寄宿的旅馆附近到户外练功，这位戴眼镜的作者便去接近那位陌生人，出人意料地没有遭到拒绝：

> 他和我见到的其他中国人没什么区别，没有不成熟和蔑视的眼神。他更像古罗马的运动员，身体油光发亮……他没有停下练功，我就像是在观看一匹强健的骏马。当他的肌肉在有弹性的皮肤下驰骋时，我摸了一下那肌肉。他甚至都没有抬头。
>
> ——登顿·韦尔奇著,《处女航》第 17 章

对于一部出版于 20 世纪 40 年代的回忆录来说，该段落中浓郁的同性恋味道太引人注目了，而更有意义的是作者在文学背景下对阳刚之气的颠覆性认知。从殖民时代起，在种族关系里，东方通常被认为是阴柔被动的，甚至是虚弱的。有一个经典的例子，现在读来就显得粗俗和无知了，那就是韦伯夫妇（Sidney and Beatrice Webb）在清朝灭亡时期来东方旅行的日记。

图14　作家和艺术家韦尔奇

1911 年 11 月 18 日的日记中他叹息道：

用最通俗和现实的话说，中国人基本上是自私的享乐者，是很务实的那类人……这可能是因为：几百年来中国人身上一直就有无数反常的恶习；这些恶习也许和希腊人的一样对人格有微妙的腐蚀作用，其深远影响足以毁掉整个文明乎？

——乔治·费维尔编，《韦伯夫妇在亚洲》

韦伯夫妇的这种观察，应该说客观上是因为他们受到了同行游客传闻的影响，还因为他们很羡慕日本的社会。韦尔奇对那个男人一时之乐的反应有两个方面：首先，那个男人的健美身材符合古希腊和罗马完美男性的原型；其次，这个理想的男性是一个被认为有悖于阳刚之气的中国男人，这让韦尔奇几欲到了狂喜的地步。

韦尔奇自己的性取向以及性别认同充分体现在其异装癖中。有天晚上，菲尔丁家的人都在忙着，他把自己锁在匪尔丁家小女儿的屋里，假装在洗澡，穿上她的衣服和高跟鞋，戴上她的帽子，而且给自己的脸上抹上一大堆口红，然后他艰难地爬出窗户，在租界里到处显摆自己。他的反应是“在我打扮停当后，我是干什么的就一清二楚了”[①]。不久就有黄包车上的顾客凑到他跟前，幸运的是人家只是问路，没有问其他什么服务。韦尔奇便马上决定放弃这种怪兮兮的女人打扮。中国的独特环境已经使他明确了自己真正的性取向（后来人们用“酷儿”一词来形容这些到了适婚年龄的男人），但他却还没有准备好去迎接上海独特的夜生活带给他的颓废机遇。

过去的阴影对巴拉德造成的影响则完全不同。虽然没有自然和死亡的威胁，却有外敌的入侵，但他的家人，包括父母、妹妹和他自己一直安妥地在一起。第二次世界大战结束时他还年少，母亲选择把孩子遣回老家。灰蒙蒙的英国他以前从未见识过，一切让他目瞪口呆。特别是天气很阴郁，依旧在延续的

① 见《处女航》第29章。

战时供给制使英国的生活仍很艰难。相形之下，他以前待的那个家是一片沃土，东西方的碰撞带来的是真正超现实的情景：

上海不是英国的殖民地，不像大多数人想象的那样，完全不同于香港和新加坡。我在战前去过香港和新加坡，那儿并非生气勃勃的商业中心，而且过分依赖于英国人的支持。上海是全世界最大的城市之一，眼下90%的人是中国人，但却百分之百地接收美国化的生活方式。奇异的广告是这个城市日常现实的一部分，如在电影《巴黎圣母院》首映式的外面，有一个由50个中国驼背人组成的仪仗队。有时我也在想，日常现实是不是这个城市正在消失的一个元素。

——J.G. 巴拉德著，《生活的奇迹：从上海到谢珀顿》，第1部

巴拉德家族按西方标准并非豪门，但巴拉德的父亲很有头脑，把自己在英国的毛纺工厂从兰开夏转到了上海。他们家在上海安和寺路（今天的新华路）买下了一座砖木结构的别墅，离上海公共租界很近，家里有十个中国仆人。照看儿子的保姆是位十几岁的白俄姑娘，即便是再短的路程都是由保姆陪同坐别克车。孩子上的是教会学校，有马术课，每个圣诞节都会收到很多从伦敦哈姆雷斯玩具店订购的崭新玩具。巴拉德夫人没有必要工作，整天不是忙着参加赛马会，就是出席有名的“鸡尾酒午餐”。她曾经被选为上海最佳着装女性，让

她引以为豪的是18年来，她从没有吃过一顿中国饭，直到93岁去世时依旧精神矍铄。

这个家族的生活在巴拉德的回忆录《生活的奇迹：从上海到谢珀顿》中有详尽的描述。2006年6月，经过核磁共振成像检查，显示出他患了早期前列腺癌，在其顾问的建议下他撰写了这本回忆录。他的文学绝唱是经过深思熟虑的，没有自负和做作的成分。在部分细节上，这本书是对《太阳帝国》中过分虚构自己在上海的青春岁月的修正和反驳。书中的男孩名字和作者的教名一样都叫吉姆（或杰米，是詹姆斯的爱称），并被描述成了日本龙华战俘营的一个敌侨，所以读者应尽量忽略《太阳帝国》的主人公和作者之间的联系。显然，艾德娜·巴拉德夫人开始对儿子的文学生涯一点儿也没有兴趣，她之所以读这本书就是因为她相信这本书全是在写她。

《太阳帝国》使用第三人称叙述法，这种技巧的作用是让作者和主人公之间有一些距离。从一开始，书中的男孩就对身边的政治环境不怎么清楚。为了引人注目，他在教会学校里宣称自己是无神论者，而那里上的课和信仰却是另外一种。

> 共产党的能力超凡，能搞定每一个人，这种天分让吉姆尊敬。
>
> ——巴拉德著，《太阳帝国》第2章

成年人陶醉的鸡尾酒会和化装舞会有时会让他忘记什么是真的，什么是假的，什么值得较真，什么只是为了取乐。

和矫揉造作的韦尔奇不同，巴拉德见过不少尸体，有被大雨冲刷出的农民的骷髅，有被海葬后冲回海港的死人。上海周围的水域里经常会出现“纸花潮”，因为葬礼上的花圈会被冲散，纸花就被卷进了潮水里。小说告诉读者：

> 吉姆不喜欢这些如赛舟似的尸体，在冉冉升起的阳光下，这些白色的花瓣就像南京路上恐怖炸弹牺牲者身边缠绕在一起的内脏。
>
> ——巴拉德著,《太阳帝国》第 4 章

图15　巴拉德传记

美与恐怖交织在一起，以致惊艳之美让人毛骨悚然，而极度的恐怖则演变成了惊艳之美。

如果说《处女航》的主题是剥去青少年的虚荣，显示其性格中的不安分因素，那么巴拉德的小说则是在让吉姆渐渐地获得从死者身上看到善良的能力。吉姆的经历和作者的相去甚远，因为巴拉德一家搬到了龙华，而小说中的男孩则是被留在了原来的地方，一连好几个月，他和父母都不知道各自的命运。这个小猴子溜进了外国人的租界，几乎没有被日本兵发现。在被自家熟人遗弃的公寓和爱巢里窜来窜去，浏览房间里的豪华装饰，好像是在做一场游戏。随着日子的匆匆而过，只吃罐头食品、巧克力和人们遗留在房间里不多的美食，让他开始有点营养不良，饥饿和孤独使他意识到自己周围的人都在生死之间挣扎着。

即便如此，吉姆依旧是个局外人，他既没有沦为乞丐，也没有为吃的打架。在他的境遇恶化后，一对走江湖的美国骗子收容了他。他们感到惊讶，为何这样一个口音纯正、举止有礼的孩子会在上海流浪。从他们的大篷车里，吉姆才有了瞬间的顿悟：

现实怪异地成了两个叠面，仿佛开战以来发生在他身上的一切出现在了镜子里。感到眩晕和饥饿，一直在渴望食物的是镜子里的那个他，他不再为另一个自己感到难过，吉姆猜想中国人就是这样活下来的。然而总有一天，中国人会从镜子里走出来。

——巴拉德著，《太阳帝国》第 12 章

苦难和孤独让吉姆走出了自我，有生以来他第一次看清了自己的生活。让这一启示更加奇异的是，他这一次意识到要想活着，冷漠是关键。那些不择手段苟活下来的人靠的不是所渴望的食物，他们也没有食物，而是靠视生活如转瞬即逝的幻觉，认为人不该狂躁地紧抓着幻觉不放。

吉姆的逃亡岁月没有一直延续下去。被日本兵抓住后，他被关在了龙华集中营。曾经一度，他很欣赏抓他的那些人的“勇敢”。在他看来，日本人属于最勇敢的民族，中国人最胆小，而英国人则是介乎二者之间。像兰瑟姆医生（吉姆是他的助手）这样的成年人默认这一点，这源于他们认为 12 岁的人还太年轻，还不理解神风队精神的含义。当吉姆看到二等兵木村穿上正式的剑道铠甲时，吸引他的是其所体现的古老的尚武元素，而不是把这和死亡联想在一起。

在我看来，《太阳帝国》最后 3 章是自塞缪尔·泰勒·柯尔律治的《古舟子咏》以来，英国文学中对生死界限探索得最为精彩的篇章。柯尔律治笔下的老水手由于误杀了一只信天翁而被困在海上，最后从降临到船员身上的干渴中幸免一死。在意识到美国的轰炸机前来帮助国民党且共产党的部队正从地面打过来时，日本人便逼着俘虏步行离开集中营。缺水、传染病和发霉的土豆，使吉姆的同伴一个接一个地倒下了。在有的人咽下最后一口气以后，吉姆仍坐在他们的尸体旁，想着他们会不会像兰瑟姆医生诊所里的病人那样醒过来。他最后陪的恰好是龙华机场的神风队飞行员，十多岁的样子。这位小伙子从一次自杀行动中活了下来，但由于知道日本已经投降的消息（但吉姆并不清楚发生了什么），他似乎准备用一片竹子剖腹自杀，但还没有把那根要命的竹片刺进肉里。见到此景，吉姆幻想到了一个逃跑的办法，仿佛他们两人可以一起飞到一个银色的彼岸，躲过途中的这场大屠杀。当吉姆发现他"朋友"不完整的尸体躺在路边的泥坑里时，他便有了第二个顿悟：

他盯着那个飞行员，很高兴有群苍蝇在他和那个尸体之间调停着。那个日本人的脸比吉姆记得的还孩子气，好像死亡让他回到了真实的年龄，回到了他在日本乡下的青少年时代。他牙齿不整，张着嘴唇，仿佛在等待着母亲用筷子夹着鱼片喂他……吉姆曾需要这个飞行员来帮他从这场战争中幸存下来，他设想过他们是一对双胞胎，他就是另一个吉姆，吉姆曾透过铁丝网看他。要是这个日本人死了，吉姆的一部分也就死了。他不了解的一个真相是，成千上万的中国人从一出生就知道，活着与死了没有区别，不这样想就是在自欺欺人。

——巴拉德著，《太阳帝国》第 41 章

在战争年代和自己有关的人丧失了生命，这让人明白死亡不可逆转，是一场再也不会苏醒的睡眠。一切都过去了，而那个飞行员也就可能只比吉姆大两三岁。后者作为平民战俘对敌人来说还有潜在的价值，而前者被自己的祖国认为可有可无，他参加飞行训练的唯一目的就是创造遗忘。

将根据小说改编的电影呈现给人们的时候，史蒂文·斯皮尔伯格在故事的结尾安排了一个令人黯然神伤的重逢。这些孩子和难民被赶到了一所废弃的玻璃房子里，让他们幸存下来的亲戚前来认领。吉姆（电影中扮演吉姆的克里斯蒂安·贝尔曾获奥斯卡奖，后来参演过张艺谋导演的《金陵十三钗》）已经长大了两岁，脸上失去了童真，要不是他会唱在教会学校里学来的威尔士赞美诗，他的父母也许不会认出他来。而相形之下，巴拉德没有经历过任何感情上的大起大落。在上海光复后，他家就决定离开上海。为了建网球场好多坟墓被推平了，电影院再次兴起，播放的“场面”显得比外面的现实更加逼真。

回忆录《生活的奇迹》佐证了《太阳帝国》中浓郁的想象成分。受过监禁的巴拉德一家，虽然没有身心上的战争伤疤，但也体验过吉姆所遭遇的不幸，如为了增加体内的蛋白质，吃饭碗里的橡皮虫。韦尔奇没有上天赋予巴拉德那样的寿数，20 岁时骑自行车受伤，致使他没有完成在艺术学院的学业，不得不待在乡下。身体恢复后，他只能为自己的作品绘插图。在贵妇文人伊迪丝·西特维尔的赞助下，《处女航》在 1940 年出版，反应平平。此时，他与中国有牵连的东西除了朋友们的信函，就只有房间里摆着的一些东方古玩了。他在此期间的一篇日记中，记录了有一天黄昏，他坐在一面漆器屏风前写作，屏风上的雕刻是孩子们为了给爷爷做寿在放风筝：

夜幕，把红色变成了深红，堆积在有棱角的屏风角落里，散发出邪恶的神秘、内疚的凶残和美艳。在白天全是红的，典雅的花瓶里红色的牡丹在绽放，在虚假的快乐中，牡丹成行，频频摇曳。

眼下，在其可怕的影子里，你我的隐秘在徘徊。在那位准备去参加自己古稀之年寿宴的老人身后，我们的恐惧结晶了。而那些兔子风筝、鸟风筝、莲叶和云朵飘在一起，融合成了上下颠簸的线条，像我正在往上面写字的纸一样渐渐地消失了。

——1942 年 11 月 6 日

创作《处女航》，让韦尔奇在其精力衰竭的时候重新想起了他在中国的美好时光，想起了他曾经的缪斯，那个扭动着健壮身子的中国人。现在这只能以文字的形式出现在纸上，而离他最近的类似早年那强壮形象的人是他的护工埃里克·奥利弗。奥利弗是个几乎目不识丁的农民，而且性格有点怪，但能容忍病人的单相思情绪。然而在韦尔奇去世后，也就是在 1948 年结束的倒数第二天，他露出了深藏的狰狞，把悲伤放在一边，迅速采走了花甲之年的女房东这朵老花。奥利弗在 20 世纪 90 年代离世，去世之前一直在靠韦尔奇微薄的遗产过日子，从那些想从他嘴里打探消息的文学粉丝那里骗取了不少啤酒。

没有什么比 20 世纪 30 年代的上海更遥远和耀眼的了。巴拉德在《太阳帝国》的姊妹篇《女性的仁慈》中，确实描写过吉姆被一个朋友介绍给了“烟花”女子，尝到了一点点“世界上最邪恶的城市”的味道。韦尔奇的运气不好，他的一生没有什么建树，已无心力亲身体验什么快乐。有句话说：“一个人欲想真正地欣赏巴黎，就要在年轻时坠入爱河。”对于欣赏 20 世纪三四十年代的上海来说，不仅要年轻，还要睁大眼睛。

第十一章

“丝绸之路”上的盗宝和寻乐：以欧洲为例

冒着生命危险探索大漠隐秘的人

伦敦　8月1日（弥尔顿·布诺勒）——在中亚的荒漠里，不论是在寒冷的冬天，还是在炎热的夏日，一位头发斑白、满脸胡须、身体强壮的小个子男人忍受着饥渴和当地部落野人袭击的千难万险在大漠中探险。

每隔三年多，这个人就会回到文明世界，用英文创作并出版最贵的书。

其最畅销的一本书售价大约15英镑，而推向学者的作品售价在60—100英镑之间，但却都是抢手货。

这个人就是60年前出生在匈牙利布达佩斯、多年来深受王室尊敬的英国臣民奥瑞尔·斯坦因（Sir Aurel Stein）。

决意探险大漠

奥瑞尔·斯坦因曾任印度拉合尔东方大学的校长，并在其他的教育和政府部门任职，他决意揭开从印度北部的帕米尔绵延到太平洋海岸的大漠隐秘。

奥瑞尔·斯坦因的发掘使已消失的文明遗物几乎完美地重见天日。

他发掘到了让学者们耳目一新的两大印欧语言的手稿。

他揭开了希腊、中国和意大利文明“相会”之地的秘密。

他找到了亚历山大大帝率领马其顿军队抵达印度时使用的宽阔的军用道路。

他发现了中国朝圣者追寻与佛院生活相关的印度圣地的足迹。

但最为世人震惊的是，在中国边境，他发现了深埋在地下、绵延140英里、建于基督纪年最初的城墙。

这里残留的有思乡心切的中国士兵站岗的岗楼、休息的房间和家书的残片。

更让世人震惊的是他发现了在人们的视线中消失了900多年、藏有大量经卷和绘画的“千佛洞”。

在这些古老的经卷中，有世上最早的木刻画和最古老的绘画作品。这些经卷和绘画值得学者们在未来的岁月里去钻研，为人类的知识宝库添加崭新的一章。

今天，斯坦因还在大漠里，试图发掘出更多的秘密。

——《独立晚报》，1922 年 8 月 1 日

在这篇活泼的简介发表的时候，斯坦因（1862—1943）大多数有意义的考古发现已经是现代西方话语中对“丝绸之路”颇有争议和看法的老生常谈。“丝绸之路”是挑战环境极限的产物——那里白天异常炎热，夜晚极度寒冷，生活物资匮乏，许多路人因为干渴和缺乏营养而丧命。然而，晚报的作者在写到“文明”时还是显出自己对文明一词缺乏理解。一方面，他以高高在上的口吻说斯坦因在自己发掘的间隙“回到”文明世界中，仿佛是在说西方世界就是代表现代和道德的堡垒；而另一方面，他又说考古学家对“丝绸之路”的兴趣是因为这里是已“消失的文明”——东西方文明——的交汇点。作者把古中国和古希腊与古罗马相提并论，指出“丝绸之路”虽然途经让人生畏的广袤蛮荒之地，但却依旧是伟大的古文明之间的重要轴心，只不过是岁月的流逝让其不如当年辉煌罢了。

我要说的主要是遥远的“丝绸之路”上聪慧的学者和探险家奥瑞尔·斯坦因，以及他的发掘活动所带来的实践伦理问题。作为那个时代主要文明的代表人物之一，斯坦因面对着很大的困境，即怎样来看待考古发现，特别是在人们不把他从蛮荒的大漠中搜寻到的东西视为珍宝时，如何对待这些发

现。本文同时也会涉及斯坦因在发扬和传播“丝绸之路”沿途尚有争议的文明时所起的作用，以及他的遗产会怎样影响到后世的中英双边关系。

斯坦因在历史上的地位是无可争议的。在其先驱斯文·赫定（Sven Hedin, 1865—1952）和他人的基础上，他再次探险“丝绸之路”古道，发现了塔克拉玛干沙漠中消失了的绿洲——丹丹乌里克遗址。他主持了包括黑水城在内的多处考古发掘，也被誉为是第一个涉足甘肃敦煌“千佛洞”的西方人。他的这些业绩在其豪华的著作中有大篇幅的论述，正如前面引文中的记者所言，他也是大多数普通读者喜欢的作者。他的探险对当代旅游业的影响也是不可低估的。在网上搜寻“丝绸之路”的旅游行程，大多数旅行社推荐的专项线路精华都包括斯坦因发现的大漠城市和遗址。2014 年推出的一条为期 26 天的普通旅游线路报价 3500 英镑，从西安出发，乘火车到兰州，然后返回夏河，再到嘉峪关，随后在敦煌、吐鲁番、喀什以及乌鲁木齐作短暂停留。

把斯坦因当作现代“丝绸之路”旅游的先驱来歌颂纯属误导。前面所引的报刊文章中鲜有提及的是斯坦因去世后所卷入的颇有争议的声名漩涡。他在考古和社会人类学领域的建树是无可非议的，而他从所探险的土地上带走的文物以及带走的方式对当地人的文化和感情来讲却是一种侮辱。

斯坦因所涉及的文物底数大得让人难以相信。在其四次的中国西北和临近地区的探险中，他带出境和运走的文物大约有5万件，其中许多是易风化的文物。这些文物的存在证明在以前干旱的大漠家园中无人碰过它们，为人们打开了一扇回溯历史的宝贵窗口，让人们洞察到了早年边境生活的野蛮和单调。在伦敦的维多利亚和阿尔伯特博物馆，珍藏（永久借用）着600件精巧的针织品，如从棉布和丝绸上剪下来的小小的莲花，这些珍品是在叶城和罗布泊之间的米兰遗址发现的。在1906年到1908年的探险中，为了得到这些珍宝，斯坦因冻掉了好几个脚趾头。更有价值的也许是从附近堡子的一个垃圾场找到的手工染色布残片。这个防御堡垒位于昆仑山下的丘陵地带，是西藏人在8世纪末期修建的，大约100年后被抛弃了。这些珍贵的手工艺品从唐代走到了今天——这样的时间跨度真的让西方人感到震惊。

近年来对斯坦因的批评依旧是由他的遗产引起的。一位汉学家称他是“最后的洋鬼子”，实际上，在彼得·霍普金克（Peter Hopkirk）的经典研究著作《“丝绸之路”上的洋鬼子》（1980年出版）一书中，斯坦因在其中占据突出位置。霍普金克通过与中国文物研究专家夏莱的深谈，认为当代中国给予斯坦因的评价全是否定的——认为他“毫无疑问……是一位最可憎的外国考古学家”。然而，在斯坦因去世60周年的时候，BBC（英国广播公司）的新闻网站发表了一篇评价他的文章：“第一个收藏中国的人。”该文在谴责斯坦因对远东的掠夺上轻描淡写，说当地人对文物的掠夺司空见惯，而外国收藏家的介入实际上保护了这些文物的完整。

中国人对斯坦因的反感也波及到了英国的另一位收藏家，他也将自己的收藏捐给了大英博物馆。这个人就是苏格兰绅士托马斯·布鲁斯（Thomas Bruce, 1766—1841），他是第七世埃尔根伯爵，第十一世金卡丁伯爵。由于他在任英国驻奥斯曼帝国大使时的所作所为，希腊人至今还恨他。希腊当时已被土耳其殖民了大约300年，两国之间的小摩擦危及到了希腊最宝贵的古文化遗址。埃尔根伯爵雇用意大利画家鲁西埃里（Giovanni Battista Lusieri），计划临摹和揭下5世纪巴特农神庙的雕塑运回英国以飨后人。奥斯曼帝国当局虽然同意了他的计划，但由于巴特农神庙的一部分被当作清真寺，埃尔根的牧师便自作主张，下令炸碎并运走那些大理石雕像。11年当中，几乎有一半的雕像被搬走。1816年，埃尔根成功地以3.5万英镑的价格把这些宝物卖给了英国王室。当时的好多英国人觉得埃尔根很有必要采取这一行动来保护文物，并称赞大英博物馆为人们欣赏这些宝物提供了一个好场所，也有人觉得这种行为是人为的破坏。诗人拜伦对所谓的“埃尔根石雕”的美学价值就很不在乎，在《恰罗德·哈罗尔德游记》中描写巴特农神庙的现状时，他感慨道：

> 看到这一幕，只有白痴的眼睛不会哭；
> 你的墙被玷污，你坍塌的神龛被拆除，
> 是英国人动的手……

希腊的爱国者将这位外交官丑化为霸道的伪君子，是一个帝国与另一个帝国合谋掠夺殖民地人民的遗产，并从中中饱私囊的典型代表。

与埃尔根伯爵相比，斯坦因是小巫见大巫，根本谈不上算是傲慢的殖民者那一类的人。斯坦因在亚洲的探险的确是在所谓的“大游戏”背景下展开的，当时俄国和英国为了争夺中国领土和边界附近地区的控制权发生了一系列小摩擦。这些摩擦激发了各种各样胆大妄为的举动，其中男子汉的勇气、爱国者的冒险以及占领远东的妄想有趣地交织在了一起。就在斯坦因第一次踏上中国土地的前几年，有两位军官马克·拜耳上校（Mark Sever Bell, 1843-1906）和弗朗西斯·杨哈伯德（Francis Younghusband, 1863-1942）上校，为了确定从北京到印度的最快线路，他们举行了一场比赛。两人骑马从不同的地方出发，最终，拜耳用了五周的时间抵达并取得胜利。对于一个比对手年长20岁的人来说，这实在是令人相当满意的成就了。

文物专家斯坦因来中国时拿的不是刀枪，而是经纬仪和铲子。斯坦因看上去像个结实的犹太人，一点也没有正规军人的风采和大英帝国种族优越论者的气势。他出生在匈牙利布达佩斯的一个犹太人家庭，是个路德会教徒，过了不惑之年才成为英国公民。在谈到他的身份时，伦敦非洲和东方研究院的首任院长爱德华·戴尼森·罗斯（Edward Denison Ross）爵士称其为“两个国家的骄傲”。从早年起，斯坦因就醉心于东方的语言，包括梵文和古波斯语，他也热衷于印度学（对印度文明的学术研究）和语文学（对古文本的考证）。25 岁时，在奥地利的一所大学和德国的两所大学完成学业后，斯坦因在印度的高等教育管理界开始了自己的职业生涯。正是在印度政府及其旁遮普邦和孟加拉州政府的资金支持下，他于 1900—1901 年开始了对中国西北的第一次探险。

斯坦因的初次调查极有成果。他轻松地穿越塔克拉玛干沙漠，找到了消失已久的丹丹乌里克遗址。斯坦因是一位涉猎广泛、训练有素的制图师，他似乎把自己的信念最后锁定在 1300 年前玄奘大师所著的《大唐西域记》中的描述上。虽然他并非真正的佛门弟子，但他常以佛门追随者的口吻写作。很明显，在到达一处海拔高处时，与其说他是为当地的地貌而着迷，倒不如说他是因为意识到自己在跟随玄奘的足迹而激动。

“城（乌铩国）西二百余里至大山，”《大唐西域记》中讲道，“山气巃嵸，触石兴云，崖隒峥嵘，将崩未坠。其巅窣堵波[①]，郁然奇制也。闻诸土俗曰：数百年前，山崖崩圮，中有苾刍，瞑目而坐，躯量伟大，形容枯槁，须发下垂，被肩蒙面。”

玄奘接着讲道：有田猎者见已白王，王躬观礼……有苾刍对曰：“此须发垂长而被服袈裟，乃入灭心定阿罗汉也…… 段食之体，出定便谢。宜以酥油灌注，令得滋润，然后鼓击，

① 窣堵波（Stûpa）即舍利塔。——译者注

警悟定心”……而此罗汉豁然高视，久之，乃曰：“尔辈何人？形容卑小，被服袈裟？”对曰：“我苾刍也。”曰：“然，我师迦叶波如来今何所在？”对曰：“入大涅槃，其来已久。”闻而闭目，怅若有怀，寻重问曰：“释迦如来出兴世耶？”对曰：“诞灵导世，已从寂灭。”闻复俯首，久之乃起，升虚空，现神变，化火焚身，遗骸坠地。王收其骨，起窣堵波。

——奥瑞尔·斯坦因著，牛津大学出版社 1907 年出版

《古代和田：中国新疆考古发掘的详细报告》

第 1 卷，第 85 页

这种对中国诗意般甚至是捕风捉影似的描述露出了斯坦因的“阿喀琉斯之踵”[①]，虽然他在中东研究上很博学，但离成为一个汉学家还差得远。

这位探险家的缺陷被暴露得一览无余，否则他那片刻的喜悦将名垂青史。六年后，在另外一次探险中，他来到了甘肃的莫高窟，千佛洞的壮观震撼了他。在佛洞里，斯坦因发现了珍藏在 17 号佛洞里、以文本形式存在的真正时间胶囊。洞里的一切逃过了一连串劫难，最后在敦煌不再辉煌、人口变得稀少时被封存在这里。更多的经卷被藏到了洞里，包括最有名的《金刚经》，其扉页标明的印成日期是公元 860 年 5 月 11 日。斯坦因是这样来描写自己的感受的：

① 即软肋或致命弱点。——译者注

让人特别高兴的是，当我发现了一本保存完好的经卷，设计精美，卷首插画为刻板印刷，显示的印版年月约为公元 860 年。这一确凿的证据说明刻板印刷术发明的时间比人们原来认为的宋朝要早得多，那时已进入了 9 世纪，印刷术已经有了很大的改进。在中文的经卷中间还有精彩的绘画和木刻画，普通的人都能看出其艺术价值。

——奥瑞尔·斯坦因著，伦敦 1912 年出版

《沙漠契丹废址记》第 2 卷，第 189 页

他的最后一句话露了马脚，这里他不仅仅在自贬，也是在表达自己的失败。面对成千上万件不同亚洲语言书写的文本，他不得不承认自己对这些有可能使他全部解读这些文本语言的掌握还差火候。虽然这些文字是分开的，但形式却极其简明，有的读者可能一眨眼就会错过。他的忏悔是：

……当时我一门心思想的是自己缺乏汉学基础，要是我能用自己一半的印度学知识换得十分之一的汉语知识那该有多好啊！

——奥瑞尔·斯坦因著，伦敦 1912 年出版的

《沙漠契丹废址记》第 2 卷，第 188 页

他这个“收藏中国的人”在这种情形下，只能是在巨多的藏品中随意挑选了。离开佛洞时，他清楚地意识到，许多

珍品也许已从他的手上漏掉了。

值得注意的是，斯坦因的团队并不像多年以后的霍华德·卡特尔发掘图坦卡蒙的墓一样，是在多年的挖掘之后才找到了宝藏。他也不是偶然发现墓穴并开始打砸抢的。他去的地方是一位名叫王圆箓（约1850—1931）的道士在19世纪与20世纪交替时发现的。他一直保守着这个秘密，直到有机会借此发财。斯坦因发现王圆箓是个脾气不好且性格狡猾的人，在经卷的讨价还价上一直拖到他这个考古学家无法再压价的220英镑（最少相当于今天的2万英镑，约20万元人民币，最多相当于今天的16万英镑，约160万元人民币）。双方讨价还价的结果可谓皆大欢喜：

那位好心的道士现在仿佛呼吸又自由了，意欲承认我的所为乃虔诚之举，认识到我是在为西方学者抢救这些佛教经卷和艺术，而当地那些无知的人只会忽视这些文物，并最终使其流失。当我最后与“千佛洞”告别的时候，他的脸上又恢复到了那种既羞涩却又很知足的平静。我们非常友好地分别了……满满二十四箱沉甸甸的装着经卷的箱子，外加五箱装着从同一个洞里搬出来的绘画和艺术珍品的箱子从那个奇异的藏宝处被运出来，安全地放到大英博物馆，我才真正地松了一口气。

——奥瑞尔·斯坦因著，伦敦1912年出版

《沙漠契丹废址记》第2卷，第194页

有趣的是，在这一刻的商贸交易中，作者又一次依赖的是宗教意象。他把自己“虔诚”地购买这些手稿的行为粉饰得和以前住在这些佛洞里具有自我牺牲精神的佛教徒一样。不论其上述的言辞是发自肺腑和有些小小的异常，或是自欺欺人，他都是想尽力说明自己是问心无愧的。

从那时起，人们就指责斯坦因是个强盗，而且利欲熏心。但我们也可以从另一个方面来看这个问题。即便王圆箓没有带斯坦因去敦煌，他迟早也会和其他的外国人去做这笔买卖。后来发生的事也证实了这一点。斯坦因离开后不久，法国汉学家保罗·伯希和（Paul Peillot）就来捡漏儿了。得益于自己娴熟的汉语（在这一点上斯坦因不行），伯希和仔细浏览了成千册的经卷，用相当于 90 英镑的批发价全买下了。

要是没有斯坦因和伯希和，敦煌经卷的命运也许会更加凄凉。德国人阿尔伯特·勒科克（Albert von le Coq, 1860—1930）曾率队探险新疆的佛教和摩尼教石窟，并堂而皇之地盗走了 360 公斤的圣像和壁画。通过对这些文物的历史研究，他认为“丝绸之路”上的多元宗教和民族是这一区域发生动荡和冲突的主要原因。在写到中国的新疆时，他引用了一些逸闻：穆斯林发现了带有人面的壁画就会损毁或埋掉，而不是冒险将这与艺术联系在一起，因为这是与自己的信仰相悖的诅咒。勒科克意识到一个更加普遍的问题是，经卷和横幅有可能落到目不识丁的农民手里，这些人会把上面的墨和色彩当作肥料撒到地里。

不论是强盗还是保护者，斯坦因、伯希和与勒科克的所作所为的确产生了影响。至于斯坦因收集到的敦煌经卷和其他宝藏今天的现状，人们时不时还会听到争议之声。在 20 世纪 80 年代，联合国教科文组织做出决议，督促文物藏家将这些文物归还原国，但在法律方面迄今尚未对此做出约束。2003 年，当有人问中国人对此的看法时，中国大使馆的柯亚沙说："在时机成熟的时候，我认为中国政府会要求归还这些文物……要到什么时候还很难说，一点一点地来。我们期望看到归还从敦煌被拿走的文物，这些文物应当物归原主。"

相关机构的代表似乎有信心保留文物，不管他们拥有海外宝藏的政治含义如何，他们已经证明了自己是有责任的保管者。大英图书馆是国际敦煌项目的主要推动者，过去 20 年来，该馆把莫高窟的经卷大规模数字化，并翻译为几种现代语言，以便人们从网上得到资料。截至 2013 年 11 月，已经有 416622 幅图像被数字化，普通的访问者不用到千里之外的大漠，也可以有机会一睹甘肃的石窟。有些热心人甚至鼓励"赞助一部经"——捐献资金以便这个项目能延续下去 。

所有这一切能平息对这些艺术品的监护问题吗？21 世纪不可阻挡的"丝绸之路"旅游热也许会为归还被斯坦因带走的文物增加催化剂。在本文开始的时候，我曾提到过在这一旅途上的中国境内的专项游，其旅游的区域和方式已更加多样化了。比如，澳大利亚一家旅行社推出的一个大受欢迎的项目许诺：只要 6000 多澳元，游客就可以在历史学家埃德蒙德·卡彭的陪同下，用 17 天的时间从西向东，从喀什旅行到西安。卡彭从 1978 年到 2011 年任新南威尔士艺术馆的主任兼馆长，是介绍汉代玉器陪葬和秦始皇兵马俑展览手册的作者。以这类艺术为重头戏的旅游会激发人们一睹“丝绸之路”珍品原物的愿望，而不是只满足于看图片和复制品。我就记得五年前第一次去临潼时的窝火。当时有人对我说看不到我想见的秦朝青铜鹤，因为这件文物眼下正在参加一次国际巡回展览。除此之外，我们也要考虑中国国内的现状，很明显越来越多的人想参观公共历史博物馆。根据新华社的数据，从 2001 年到 2011 年的十年间，中国的博物馆如雨后春笋，从 2200 家骤升到了 3589 家。到 2020 年，据估计每 25 万人就会有一家博物馆。这些多出的展馆空间能否或者说用什么来装饰依旧是个大问题。

当然，在有空调的博物馆和苹果笔记本电脑上沿着“丝绸之路”寻乐、观看宝藏与沿着这条古道探险和经商有天壤之别。斯坦因的探险已成了历史传奇，因为他找到了消失的绿洲，带着“令人尴尬的财宝”荣归故里。为了对“丝绸之路”有更深的感触，我们也许该把注意力转向大漠中还未开发的探险地，或者是进军那些还没有探险到位的地区。一个很重要但却被忽视了的备忘录用最为原始、最不宽容的语言描述中国的西北地区，那就是《穿越陕甘：1908—1909 年克拉克中国北部考察之旅》。我喜欢这本书，很大程度上是因为与当地的关系。这本不长但却很了不起的书出版了，是因为

“胜家缝纫机公司”的继承人罗伯特·斯特林·克拉克（Robert Sterling Clark, 1877—1956）要完成自己长久以来的一个夙愿，那就是穿越人烟稀少的山西、陕西和甘肃，沿途收集动物和自然历史标本。

由于缺少英文导游，更不用提很少有当地人在那时愿意穿越这些非常危险的地方，于是克拉克求助他的老朋友苏柯仁（Arthur de Carle Sowerby, 1885—1954)。苏柯仁并非具有国际视野的博物学家，而是一个完全不同的人。他的父母是传教士，他在太原出生和长大，对自己出生的这片土地和这里的人很有感情。他长大后，身上有一股十足的英国“斗牛犬精神”。在得到探险队将从故乡山西出发的承诺后，苏柯仁就加入了由克拉克资助和率领的探险队。他们穿过陕北的山区，考察了几个无人问津的小镇和城市。一路上，危及性命的灾祸接连不断。苏柯仁在描述到达米脂附近时写道：

在那里，我们有幸躲过一劫。把东西刚一放到壁炉上边的炕上，克拉克的一件行李箱就着火了，幸亏及时嗅到了木头着火，才避免了引爆箱子里的一盒子弹。晚上，以为温度计被人偷走了，但经过打听，它被旅馆里的一个伙计在20英尺外的窗台那里“发现”，温度计本来就放在那里的。

——克拉克，苏柯仁著，《穿越陕甘》，第26页

虽然探险队已有充分准备计划，但还是在不久之后遇到

了更大的麻烦。由于缺乏资金，探险队不得不延长在西安的时间，等待上海的银行汇钱过来。探险队继续前进到甘肃。

> 7 月 24 日，探险队离开静宁，穿过城北一条很深的峡谷，进入到一个宽敞而肥沃的山谷。这里长势良好的谷物喜人，与静宁西部受灾的贫瘠作物对比鲜明。
>
> ——克拉克、苏柯仁著，《穿越陕甘》，第 71—72 页

这块衰退的土地，一下子成了这次使命的低谷。在即将踏上真正的“丝绸之路”时，队里的印度勘测员阿里被人杀害了，但书中没有描述具体情况，克拉克和苏柯仁不敢再冒险前行了。

100 年来，过去的帝国时代、抱负和发现如同发生在另一个世界。“丝绸之路”的诸多方面得到了改造，成为普通大众的消费品。它不再专属于商人和高贵的探险者，也失去了长久以来的神秘形象。然而，即便是在人烟稀少的旅途上，依旧有前人的足迹，而这些足迹中偶尔也有令人烦恼和不可磨灭的记忆。